Nowele

Bolesław Prus

Nowele
Copyright © JiaHu Books 2017
Published in Great Britain in 2017 by JiaHu Books – part of
Richardson-Prachai Solutions Ltd, 434 Whaddon Way, Bletchley,
MK3 7LB
ISBN: 978-1-78435-215-8
Visit us at: jiahubooks.co.uk

KATARYNKA 5

KAMIZELKA 17

GRZECHY DZIECIŃSTWA 26

MILKNĄCE GŁOSY 71

NA WAKACJACH 78

ŻYWY TELEGRAF 81

CIENIE 83

OMYŁKA 86

Z LEGEND DAWNEGO EGIPTU 98

OPOWIADANIE LEKARZA 104

WIDZIADŁA 113

KATARYNKA

Na ulicy Miodowej co dzień około południa można było spotkać jegomościa w pewnym wieku, który chodził z placu Krasińskich ku ulicy Senatorskiej. Latem nosił on wykwintne, ciemnogranatowe palto, popielate spodnie od pierwszorzędnego krawca, buty połyskujące jak zwierciadła - i - nieco wyszarzany cylinder. Jegomość miał twarz rumianą, szpakowate faworyty i siwe, łagodne oczy. Chodził pochylony, trzymając ręce w kieszeniach W dzień pogodny nosił pod pachą laskę, w pochmurny - dźwigał jedwabny parasol angielski.

Był zawsze głęboko zamyślony i posuwał się z wolna Około Kapucynów dotykał pobożnie ręką kapelusza i przechodził na drugą stronę ulicy, ażeby zobaczyć u Pika jak stoi barometr i termometr, potem znowu zawracał na prawy chodnik, zatrzymywał się przed wystawą Mieczkowskiego, oglądał fotografie Modrzejewskiej - i szedł dalej.

W drodze ustępował każdemu, a potrącony uśmiechał się życzliwie.

Jeżeli kiedy spostrzegał ładną kobietę, zakładał binokle, aby przypatrzeć się jej. Ale że robił to flegmatycznie, więc zwykle spotykał go zawód.

Ten jegomość był to - pan Tomasz.

Pan Tomasz trzydzieści lat chodził ulicą Miodową i nieraz myślał, że się na niej wiele rzeczy zmieniło. Toż samo ulica Miodowa pomyśleć by mogła o nim.

Gdy był leszcze obrońcą, biegał tak prędko, że nie uciekłaby przed nim żadna szwaczka wracająca z magazynu do domu Był wesoły, rozmowny, trzymał się prosto, miał czuprynę i nosił wąsy zakręcone ostro do góry Już wówczas sztuki piękne robiły na nim wrażenie, ale czasu im nie poświęcał, bo szalał - za kobietami. Co prawda, miał do nich szczęście i nieustannie był swatany. Ale cóż z tego, kiedy pan Tomasz nie mógł nigdy znaleźć ani jednej chwili na oświadczyny będąc zajęty jeżeli nie praktyką, to - schadzkami. Od Frani szedł do sądu, z sądu biegł do Zosi, którą nad wieczorem opuszczał, ażeby z Józią i Filką zjeść kolacją.

Gdy został mecenasem, czoło, skutkiem natężonej pracy umysłowej, urosło mu aż do ciemienia, a na wąsach pokazało się kilka srebrnych włosów. Pan Tomasz pozbył się już wówczas młodzieńczej gorączki, miał majątek i ustaloną opinią znawcy sztuk pięknych. A że kobiety wciąż kochał, więc począł myśleć o małżeństwie. Najął nawet mieszkanie z sześciu pokojów złożone, urządził w nim na własny koszt posadzki, sprawił obicia, piękne meble - i szukał żony.

Ale człowiekowi dojrzałemu trudno zrobić wybór. Ta była za młoda, a tamtą uwielbiał już zbyt długo. Trzecia miała wdzięki i wiek właściwy, ale nieodpowiedni temperament, a czwarta posiadała wdzięki, wiek i temperament należyty, ale nie czekając na oświadczyny mecenasa wyszła za doktora.

Pan Tomasz jednak nie martwił się, ponieważ panien me brakło. Ekwipował się powoli, coraz usilniej dbając o to, ażeby każdy szczegół jego mieszkania posiadał wartość artystyczną. Zmieniał meble, przestawiał zwierciadła, kupował obrazy.

Nareszcie porządki jego stały się sławne. Sam me wiedząc kiedy, stworzył u siebie galerią sztuk pięknych, którą coraz liczniej odwiedzali ciekawi. Że zaś był gościnny, przyjęcia robił świetne i utrzymywał stosunki z muzykami, więc nieznacznie zorganizowały się u mego wieczory koncertowe, które nawet damy zaszczycały swoją obecnością.

Pan Tomasz był wszystkim rad, a widząc w zwierciadłach, że czoło przerosło mu już ciemię, i sięga w tył do białego jak śnieg kołnierzyka, coraz częściej przypominał sobie, że bądź co bądź trzeba się ożenić. Tym bardziej, że dla kobiet wciąż czuł życzliwość.

Raz, kiedy przyjmował liczniejsze niż zwykle towarzystwo, jedna z młodych pan rozejrzawszv się po salonach zawołała:

- Co za obrazy! A jakie gładkie posadzki! Żona pana mecenasa będzie bardzo szczęśliwa.

- Jeżeli do szczęścia wystarczą jej gładkie posadzki - odezwał się na to półgłosem serdeczny przyjaciel mecenasa. W salonie zrobiło się bardzo wesoło. Pan Tomasz także uśmiechnął się, ale od tej pory, gdy mu kto wspomniał o małżeństwie, machał niedbale ręką, mówiąc:

- Iii!...

W tych czasach ogolił wąsy i zapuścił faworyty. O kobietach wyrażał się zawsze z szacunkiem, a dla ich wad okazywał dużą wyrozumiałość.

Nie spodziewając się niczego od świata, bo już i praktykę porzucił, mecenas całe spokojne uczucie swoje skierował do sztuki. Piękny obraz, dobry koncert, nowe przedstawienie teatralne były jakby wiorstowymi słupami na drodze jego życia. Nie zapalał się on, nie unosił, ale - smakował.

Na koncertach wybierał miejsca odległe od estrady, ażeby słuchać muzyki me słysząc hałasów i nie widząc artystów. Gdy szedł do teatru, obeznawał się wprzódy z utworem dramatycznym, ażeby bez gorączkowej ciekawości śledzić grę aktorów. Obrazy oglądał wówczas, gdy było najmniej widzów, i spędzał w galerii całe godziny.

Jeżeli podobało mu się coś, mówił:

- Wiecie, państwo, że to jest wcale ładne. Należał do tych niewielu, którzy najpierwej poznają się na talencie. Ale utworów miernych nigdy nie potępiał.

- Czekajcie, może się jeszcze wyrobi! - mówił, gdy inni ganili artystę.

I tak zawsze był pobłażliwy dla niedoskonałości ludzkiej, a o występkach nie rozmawiał.

Na nieszczęście, żaden śmiertelnik nie jest wolny od jakiegoś dziwactwa, a pan Tomasz miał także swoje. Oto - nienawidził kataryniarzy i katarynek.

Gdy mecenas usłyszał na ulicy katarynkę, przyśpieszał kroku i na parę godzin tracił humor. On, człowiek spokojny - zapalał się, jak był cichy - krzyczał, a jak był łagodny - wpadał w gniew na pierwszy odgłos katarynkowych dźwięków.

Z tej swojej słabości nie robił przed nikim tajemnicy, nawet tłomaczył się.

- Muzyka - mówił wzburzony - stanowi najsubtelniejsze ciało ducha, w katarynce zaś duch ten przeradza się w funkcją machiny i narzędzie rozboju. Bo kataryniarze są po prostu rabusie!

Zresztą - dodawał - katarynka rozdrażnia mnie, a ja mam tylko jedno życie, którego mi nie wypada trwonić na słuchanie obrzydliwej muzyki.

Ktoś złośliwy, wiedząc o wstręcie mecenasa do grających machin, wymyślił niesmaczny żań - i... wysłał mu pod okna dwu kataryniarzy. Pan Tomasz zachorował z gniewu, a następnie odkrywszy sprawcę wyzwał go na pojedynek.

Aż sąd honorowy trzeba było zwoływać dla zapobieżenia rozlewowi krwi o rzecz tak małą na pozór.

Dom, w którym mecenas mieszkał, przechodził kilka razy z rąk do rąk. Rozumie się, że każdy nowy właściciel uważał za obowiązek podwyższać wszystkim komorne, a najpierwej panu Tomaszowi. Mecenas z rezygnacją płacił podwyżkę, ale pod tym warunkiem wyraźnie zapisanym w umowie, że katarynki grywać w domu nie będą.

Niezależnie od kontraktowych zastrzeżeń pan Tomasz wzywał do siebie każdego nowego stróża i przeprowadzał z nim taką mniej więcej rozmowę:

- Słuchaj no, kochanku... A jak ci na imię?...
- Kazimierz, proszę pana.
- Słuchajże, Kazimierzu! Ile razy wrócę do domu późno, a ty otworzysz mi bramę, dostaniesz dwadzieścia groszy. Rozumiesz?...
- Rozumiem, wielmożny panie.
- A oprócz tego będziesz brał ode mnie dziesięć złotych na miesiąc, ale wiesz za co?...
- Nie mogę wiedzieć, jaśnie panie - odpowiedział wzruszony stróż.
- Za to, ażebyś na podwórze nigdy nie wpuszczał katarynek. Rozumiesz?...
- Rozumiem, jaśnie wielmożny panie.

Lokal mecenasa składał się z dwu części. Cztery większe pokoje miały okna od ulicy, dwa mniejsze - od podwórza. Paradna połowa mieszkania przeznaczona była dla gości. W niej odbywały się rauty, przyjmowani byli interesanci i stawali krewni albo znajomi mecenasa ze wsi. Sam pan Tomasz ukazywał się tu rzadko i tylko dla sprawdzenia, czy wywoskowano posadzki, czy starto kurz i nie uszkodzono mebli.

Całe zaś dnie, o ile nie przepędzał ich za domem, przesiadywał w gabinecie od podwórza. Tam czytywał książki, pisywał listy albo przeglądał dokumenta znajomych, którzy prosili go o radę. A gdy nie chciał forsować wzroku, siadał na fotelu naprzeciw okna i zapaliwszy cygaro zatapiał się w rozmyślaniach. Wiedział on, że myślenie jest ważną funkcją życiową, której nie powinien lekceważyć człowiek dbający o zdrowie.

Z drugiej strony podwórza, wprost okien pana Tomasza, znajdował się lokal, wynajmowany osobom mniej zamożnym. Długi czas mieszkał tu stary urzędnik sądowy, który spadłszy z etatu przeniósł się na Pragę. Po nim najął pokoiki krawiec; lecz że ten lubił niekiedy upijać się i hałasować, więc wymówiono mu mieszkanie. Później sprowadziła się tu jakaś emerytka, wiecznie kłócąca się ze swoją sługą.

Ale od św. Jana staruszkę, już bardzo zgrzybiałą i wcale zasobną, pomimo jej kłótliwego usposobienia wzięli na wieś krewni, a do lokalu sprowadziły się dwie panie z małą, może ośmioletnią dziewczynką.

Kobiety utrzymywały się z pracy. Jedna szyła, druga wyrabiała pończochy i kaftaniki na maszynie. Młodszą z nich i przystojniejszą dziewczynka nazywała mamą, a starszej mówiła: pani. I u mecenasa, i u nowych lokatorów okna przez cały dzień były otwarte. Kiedy więc pan Tomasz usiadł na swoim fotelu, doskonale mógł widzieć, co się dzieje u jego sąsiadek.

Były tam sprzęty ubogie. Na stołkach i krzesłach, na kanapie i na komodzie leżały tkaniny przeznaczone do szycia i kłębki bawełny na pończochy.

Z rana kobiety same zamiatały mieszkanie, a około południa najemnica przynosiła im niezbyt obfity obiad. Zresztą każda z nich prawie nie odstępowała od swojej turkoczącej maszyny.

Dziewczynka zwykle siedziała przy oknie. Było to dziecko z ciemnymi włosami i ładną twarzyczką, ale blade i jakieś nieruchawe. Czasami dziewczynka za pomocą dwu drutów wiązała pasek z bawełnianych nici. Niekiedy bawiła się lalką, którą ubierała i rozbierała powoli, jakby z trudnością. Czasami nie robiła nic, tylko siedząc w oknie przysłuchiwała się czemuś.

Pan Tomasz nie widział nigdy, ażeby dziecię to śpiewało lub biegało po pokoju, nie widział nawet uśmiechu na bledziutkich ustach i nieruchomej twarzy.

"Dziwne dziecko!" - mówił do siebie mecenas i począł przypatrywać się jej uważniej.

Spostrzegł raz (było to w niedzielę), że matka dala jej mały bukiecik. Dziewczynka ożywiła się nieco. Rozkładała i układała kwiaty, całowała je. W końcu związała na powrót w bukiecik, włożyła go w szklankę wody i usiadłszy w swoim oknie rzekła:

- Prawda, mamo, że tu jest smutno...

Mecenas zgorszył się. Jak mogło być smutno w domu, w którym on od tylu lat miał dobry humor!

Jednego dnia mecenas znalazł się w swoim gabinecie około czwartej. W tej godzinie słońce stało naprzeciw mieszkania jego sąsiadek, a świeciło i dogrzewało bardzo mocno. Pan Tomasz spojrzał na drugą stronę podwórza i widać zobaczył coś niezwykłego, gdyż z pośpiechem założył na nos binokle.

Oto, co spostrzegł:

Mizerna dziewczynka oparłszy głowę na ręku położyła się prawie na wznak w swoim oknie - i - szeroko otwartymi oczyma patrzyła prosto w słońce. Na jej twarzyczce, zwykle tak nieruchomej, grały teraz jakieś uczucia: niby radość, a niby żal...

- Ona nie widzi! - szepnął mecenas opuszczając binokle. W tej chwili doświadczył kłucia w oczach na samą myśl, że ktoś może wpatrywać się w słońce, które ziało żywym ogniem.

Istotnie, dziewczynka była niewidomą od dwu lat. W szóstym roku życia zachorowała na jakąś gorączkę; przez kilka tygodni była nieprzytomna, a następnie tak opadła z sil, że leżała jak martwa, nie poruszając się i nic nie mówiąc.

Pojono ją winem i bulionami, więc stopniowo przychodziła do siebie. Ale pierwszego dnia, kiedy ją posadzono na poduszce, zapytała matki:

- Mamo, czy to jest noc?...

- Nie, moje dziecko... A dlaczego ty tak mówisz? Ale dziewczynka nie odpowiedziała: spać się jej chciało. Tylko nazajutrz, gdy w południe przyszedł lekarz, spytała znowu:

- Czy to jeszcze jest noc?...

Wtedy zrozumiano, że dziewczynka nie widzi. Lekarz zbadał jej oczy i zaopiniował, że trzeba czekać.

Ale chora im bardziej odzyskiwała siły, tym mocniej niepokoiła się swoim kalectwem...

- Mamo, dlaczego ja mamy nie widzę?...

- Bo tobie oczki zasłoniło. Ale to przejdzie.

- Kiedy przejdzie?...

- Niedługo.. - Może jutro, proszę mamy?

- Za kilka dni, moja dziecino.

- A jak przejdzie, to niech mi mama zaraz powie. Bo mi jest bardzo smutno!...

Mijały dnie i tygodnie w ciągłym oczekiwaniu. Dziewczynka poczęła już wstawać z łóżeczka. Nauczyła się chodzić po pokoju omackiem; sama ubierała się i rozbierała powoli i ostrożnie. ' Ale wzrok nie wracał.

Jednego razu. mówiła:

- Prawda, mamo, że ja mam niebieską sukienkę?...

- Nie, dziecko, masz popielatą.

- Mama ją widzi?

- Widzę, moje kochanie.

- Tak jak i w dzień?

- Tak.

- Ja także będę widziała wszystko za kilka dni?... Nie, może za miesiąc...

Ale ponieważ matka nie odpowiedziała jej nic, więc mówiła dalej:

- Prawda, mamo, że na dworze ciągle jest dzień?... A w ogrodzie są drzewa, tak jak dawniej?... Czy do nas przychodzi ten biały kotek z czarnymi łapami?... Prawda, mamo, że ja widziałam siebie w lustrze?... Nie ma tu lustra?...

Matka podaje jej lusterko.

- Trzeba patrzeć tutaj, o tu, gdzie jest gładkie - mówiła dziewczynka przykładając lustro do twarzy. - Nic nie widzę! -rzekła. - Czy i mama nie widzi mnie w lusterku?

- Widzę cię, moja ptaszyno.

- Jakim sposobem?... - zawołała dziewczynka żałośnie. -Przecie jeżeli ja nie widzę siebie, to już w lustrze nie powinno być nic... A tamta, co jest w lustrze, czy ona mnie widzi, czy nie widzi?... Ale matka rozpłakała się i wybiegła z pokoju.

Najmilszym zajęciem kaleki było dotykać rękoma drobnych przedmiotów i poznawać je.

Jednego dnia przyniosła jej matka lalkę porcelanową, ładnie ubraną, za rubla. Dziewczynka nie wypuszczała jej z rąk, dotykała jej noska, ust, oczu, pieściła się nią.

Poszła spać bardzo późno wciąż myśląc o swej lalce, którą ułożyła w pudełku wysłanym watą.

W nocy zbudził matkę szmer i szept. Zerwała się z pościeli, zapaliła świecę i zobaczyła w kąciku swoją córkę już ubraną i bawiącą się lalką.

- Co ty robisz, dziecino? - zawołała. - Dlaczego nie śpisz?

- Bo już przecie jest dzień, proszę mamy - odparła kaleka.

Dla niej dzień i noc zlały się w jedno i trwały zawsze...

Stopniowo pamięć wzrokowych wrażeń poczęła zacierać się w dziewczynce. Czerwona wiśnia stała się dla niej wiśnią gładką, okrągłą i miękką, błyszczący pieniądz był twardym i dźwięcznym krążkiem, na którym znajdowały się jakieś znaki w płaskorzeźbie. Wiedziała, że pokój jest większy od niej, dom większy od pokoju, ulica od domu. Ale wszystko to jakoś - skróciło się w jej wyobraźni.

Uwaga jej skierowała się na zmysł dotyku, powonienia i słuchu. Jej twarz i ręce nabrały takiej wrażliwości, że zbliżywszy się do ściany czuła o kilka cali lekki chłód. Zjawiska odległe oddziaływały na nią tylko przez słuch. Przysłuchiwała się więc po całych dniach.

Poznawała posuwisty chód stróża, który mówił piskliwym głosem i zamiatał podwórko. Wiedziała, kiedy jedzie z drzewem chłopski wózek drabiniasty, kiedy - dorożka, a kiedy - kary wywożące śmiecie.

Najmniejszy szelest, zapach, oziębienie się albo rozgrzanie powietrza nie uszło jej uwagi. Z niepojętą bystrością pochwytywała drobne te zjawiska i wysnuwała z nich wnioski.

Raz matka zawołała służącej.

- Nie ma Janowej - rzekła kaleka siedząc jak zwykle w kąciku. - Poszła po wodę.

- A skąd wiesz o tym? - zapytała zdziwiona matka.

- Skąd?... Przecież wiem, że brała konewkę z kuchni, potem poszła na drugie podwórze i napompowała wody. A teraz rozmawia ze stróżem.

Istotnie zza parkanu dolatywał szmer rozmowy dwu osób, ale tak niewyraźny, że tylko z wysiłkiem można go było usłyszeć.

Lecz nawet rozszerzona sfera zmysłów niższych nie mogła kalece zastąpić wzroku. Dziewczynka uczuła brak wrażeń i zaczęła tęsknić.

Pozwolono jej chodzić po całym domu i to ją nieco uspakajało. Wydeptała każdy kamień na podwórzu, dotknęła każdej rynny i beczki. Ale największą przyjemność robiły jej - podróże do dwu całkiem odmiennych światów: do piwnicy i na strych.

W piwnicy powietrze było chłodne, ściany wilgotne. Przygłuszony turkot uliczny dolatywał z góry; inne odgłosy niknęły. To była noc dla ociemniałej.

Na strychu zaś, szczególniej w okienku, działo się całkiem inaczej. Tam hałasu było więcej niż w pokoju. Kaleka słyszała turkot wozów z kilku ulic; tu skupiały się krzyki z całego domu. Twarz jej owiewał ciepły wiatr. Słyszała świergot ptaków, szczekanie psów i szelest drzew w sąsiednim ogrodzie. Tu był dla niej dzień...

Nie dość na tym. Na strychu częściej niż w pokoju świeciło słońce, a gdy dziewczynka skierowała na nie przygasłe oczy, zdawało jej się, że coś widzi. W wyobraźni budziły się cienie kształtów i barw, ale takie niewyraźne i pierzchliwe, że nic przypomnieć sobie nie mogła...

W tej właśnie epoce matka połączyła się ze swoją przyjaciółką ł przeniosła się do domu, w którym mieszkał pan Tomasz. Obie kobiety cieszyły się z nowego lokalu, ale dla niewidomej zmiana miejsca była prawdziwym nieszczęściem. Dziewczynka musiała siedzieć w pokoju. Na strych i do piwnicy nie wolno było chodzić. Nie słyszała ptaków ani drzew, a na podwórzu panowała straszna cisza. Nigdy tu nie wstępowali handlarze starzyzny ani druciarze, ani śmieciarki. Nie puszczano bab śpiewających pieśni pobożne ani dziada, który grał na klarnecie, ani kataryniarzy.

Jedyną jej przyjemnością było wpatrywanie się w słońce, które przecie nie zawsze jednakowo świeciło i bardzo prędko kryło się za domami.

Dziewczynka znowu poczęła tęsknić. Zmizerniała w ciągu kilku dni, a na jej twarzy ukazał się wyraz zniechęcenia i martwości, który tak dziwił pana Tomasza.

Nie mogąc widzieć, kaleka chciała przynajmniej słuchać wciąż najrozmaitszych odgłosów. A w domu było cicho...

- Biedne dziecko! - szeptał nieraz pan Tomasz przypatrując się smutnemu maleństwu.

"Gdybym mógł dla niej co zrobić?" - myślał widząc, że dziecko jest coraz mizerniejsze i co dzień niknie.

Zdarzyło się w tych czasach, że jeden z przyjaciół mecenasa miał proces i jak zwykle oddał mu do przejrzenia papiery z prośbą o radę. Wprawdzie pan Tomasz nie stawał już w sądach, ale jako doświadczony praktyk umiał wskazać najwłaściwszy kierunek akcji i wybranemu przez siebie adwokatowi udzielał pożytecznych objaśnień.

Sprawa obecna była zawikłana. Pan Tomasz im więcej wczytywał się w papiery, tym bardziej zapalał się. W emerycie ocknął się adwokat. Nie wychodził już z mieszkania, nie sprawdzał, czy starto kurz w salonach, tylko zamknięty w swoim gabinecie, czytał dokumenta i notował.

Wieczorem stary lokaj mecenasa przyszedł z codziennym raportem. Doniósł, że pani doktorowa wyjechała z dziećmi na letnie mieszkanie, że zepsuł się wodociąg, że odźwierny, Kazimierz, zrobił awanturę ze stójkowym i poszedł na tydzień - do kozy. Zapytał w końcu: czy pan mecenas nie zechce widzieć się z nowo przyjętym stróżem?...

Ale mecenas, pochylony nad papierami, palił cygaro, puszczał kółka dymu, a na wiernego sługę nawet nie spojrzał.

Na drugi dzień pan Tomasz jeszcze siedział nad aktami; około drugiej zjadł obiad i znowu siedział. Jego rumiana twarz i szpakowate faworyty na szafirowym tle pokojowego obicia przypominały "studia z natury". Matka ociemniałej dziewczynki i jej wspólniczka robiąca pończochy na maszynie podziwiały mecenasa i mówiły, że wygląda na czerstwego wdowca, który ma zwyczaj od rana do wieczora drzemać nad biurkiem.

Tymczasem -mecenas, choć przymykał oczy, nie drzemał wcale, tylko rozmyślał nad sprawą.

Obywatel X w roku 1872 zapisał swemu siostrzeńcowi folwark, a w roku 1875 - synowcowi kamienicę. Synowiec twierdził, że obywatel X był wariatem w roku 1872, a siostrzeniec dowodził, że X oszalał dopiero w roku 1875. Zaś mąż rodzonej siostry nieboszczyka składał nie ulegające wątpliwości świadectwa, że X i w roku 1872, i w 1875 działał jak obłąkany, a cały swój majątek jeszcze w roku 1869, czyli w epoce zupełnej świadomości, zapisał siostrze.

Pana Tomasza proszono o zbadanie, kiedy naprawdę X był wariatem, a następnie o pogodzenie trzech powaśnionych stron, z których żadna nie chciała słuchać o ustępstwach.

Gdy tak mecenas nurzał się w powikłanych kombinacjach, zdarzył się dziwny, trudny do pojęcia wypadek.

Na podwórzu, pod samym oknem pana Tomasza odezwała się -katarynka!...

Gdyby zmarły X wstał z grobu, odzyskał przytomność i wszedł do gabinetu, aby pomóc mecenasowi w rozwiązywaniu trudnych zagadnień, z pewnością pan Tomasz nie doznałby takiego uczucia jak teraz, gdy usłyszał katarynkę!...

I żeby to przynajmniej była katarynka włoska, z przyjemnymi tonami fletowymi, dobrze zbudowana, grająca ładne kawałki! Gdzie tam! jakby na większą szykanę katarynka była popsuta, grała fałszywie ordynaryjne walce i polki, a tak głośno, że szyby drżały. Na domiar złego, trąba, od czasu do czasu odzywająca się w niej, ryczała jak wściekłe zwierzę.

Wrażenie było potężne. Mecenas osłupiał. Nie wiedział, co myśleć i co począć. Chwilami gotów był przypuścić, że przy odczytywaniu pośmiertnych rozporządzeń chorego na umyśle obywatela X jemu samemu pomieszało się w głowie i że uległ halucynacjom.

Ale nie, to nie były halucynacje. To była rzeczywista katarynka, z popsutymi piszczałkami i bardzo głośną trąbą!

W sercu mecenasa, tego wyrozumiałego, tego łagodnego człowieka, zbudziły się dzikie instynkta. Uczuł żal do natury, że go nie stworzyła królem dahomejskim, który ma prawo zabijać swoich poddanych, i pomyślał, z jaką rozkoszą położyłby w tej chwili katyniarza trupem!

A ponieważ u ludzi tego temperamentu, co pan Tomasz, bardzo łatwo w gniewnym uniesieniu przechodzi się od zuchwałych projektów do najstraszniejszych czynów, więc mecenas skoczył jak tygrys do okna i postanowił - zwymyślać katyniarza najgorszymi wyrazami.

Już wychylił się i otworzył usta, aby krzyknąć: "Ty... próżniaku jakiś!..." - gdy wtem usłyszał dziecięcy głos.

Spojrzał naprzeciwko.

Mała niewidoma dziewczynka tańczyła po pokoju klaszcząc w ręce. Blada jej twarz zarumieniła się, usta śmiały się, a pomimo to z zastygłych oczu płynęły łzy jak grad.

Ona, biedactwo, w tym domu spokojnym dawno już nie doświadczyła tylu wrażeń! Jak pięknym zjawiskiem wydawały się jej fałszywe tony katarynki! Jak wspaniałym był ryk trąby, która mecenasa mało nie przyprawiła o apopleksją.

Na dobitkę, kataryniarz widząc uciechę dziecka zaczął przytupywać wielkim obcasem w bruk i od czasu do czasu pogwizdywać niby lokomotywa przed spotkaniem się pociągów. Boże! jak on ślicznie gwizdał...

Do gabinetu mecenasa wpadł wierny lokaj ciągnąc za sobą stróża i wołając:

- Ja mówiłem temu gałganowi, jaśnie panie, żeby natychmiast wygnał kataryniarza! Mówiłem, że od jaśnie pana dostanie pensją, że my mamy kontrakt... Ale ten cham! Tydzień temu przyjechał ze wsi i nie zna naszych obyczajów. No, teraz posłuchaj - krzyczał lokaj targając za ramię oszołomionego stróża - posłuchaj, co ci sam jaśnie pan mecenas powie!

Kataryniarz grał już trzecią sztuczkę tak fałszywie i wrzaskliwie jak dwie pierwsze.

Niewidoma dziewczynka była upojona.

Mecenas odwrócił się do stróża i rzekł ze zwykłą sobie flegmą, choć był trochę blady:

- Słuchaj no, kochanku... A jak ci na imię?...

- Paweł, jaśnie panie.

- Otóż, mój Pawle, będę ci płacił dziesięć złotych na miesiąc, ale wiesz za co?...

- Za to, ażebyś na podwórze nigdy nie puszczał katarynek! -wtrącił spiesznie lokaj.

- Nie - rzekł pan Tomasz. - Za to, ażebyś przez jakiś czas co dzień puszczał katarynki. Rozumiesz?

- Co pan mówi?... - zawołał służący, którego nagle rozzuchwalił ten niepojęty rozkaz.

- Ażeby, dopóki się z nim nie rozmówię, puszczał co dzień katarynki na podwórze - powtórzył mecenas wsadzając ręce w kieszenie.

- Nie rozumiem pana!... - odezwał się służący z oznakami obrażającego zdziwienia.

- Głupiś, mój kochany! - rzekł mu dobrotliwie pan Tomasz. No, idźcie do roboty - dodał.

Lokaj i stróż wyszli, a mecenas spostrzegł, że jego wierny sługa coś towarzyszowi swemu szepcze do ucha i pokazuje palcem na czoło...

Pan Tomasz uśmiechnął się i jakby dla stwierdzenia ponurych domysłów famulusa wyrzucił katarynce dziesiątkę.

Następnie wziął kalendarz, wyszukał w nim listę lekarzy i zapisał na kartce adresy kilku okulistów. A że kataryniarz odwrócił się teraz do jego okna i za jego dziesiątkę począł przytupywać i wygwizdywać jeszcze głośniej, co już okrutnie drażniło mecenasa, więc zabrawszy kartkę z adresami doktorów wyszedł mrucząc:

- Biedne dziecko!... Powinienem był zająć się nim od dawna...

KAMIZELKA

Niektórzy ludzie mają pociąg do zbierania osobliwości kosztowniejszych lub mniej kosztownych, na jakie kogo stać. Ja także posiadam zbiorek, lecz skromny, jak zwykle w początkach.

Jest tam mój dramat, który pisałem jeszcze w gimnazjum na lekcjach języka łacińskiego... Jest kilka zasuszonych kwiatów, które trzeba będzie zastąpić nowymi, jest... Zdaje się, że nie ma nic więcej oprócz pewnej bardzo starej i zniszczonej kamizelki.

Oto ona. Przód spłowiały, a tył przetarty. Dużo plam, brak guzików, na brzegu dziurka, wypalona zapewne papierosem. Ale najciekawsze w niej są ściągacze. Ten, na którym znajduje się sprzączka, jest skrócony i przyszyty do kamizelki wcale nie po krawiecku, a ten drugi, prawie na całej długości, jest pokłuty zębami sprzączki.

Patrząc na to od razu domyślasz się, że właściciel odzienia j zapewne co dzień chudnął i wreszcie dosięgną!, tego stopnia, na którym kamizelka przestaje być niezbędną, ale natomiast okazuje się bardzo potrzebnym zapięty pod szyję frak z magazynu pogrzebowego.

Wyznaję, że dziś chętnie odstąpiłbym komu ten szmat sukna, który mi robi trochę kłopotu. Szaf na zbiory jeszcze nie mam, a nie chciałbym znowu trzymać chorej kamizelczyny między własnymi rzeczami. Był jednak czas, żem ją kupił za cenę znakomicie wyższą od wartości, a dałbym nawet i drożej, gdyby umiano się targować. Człowiek miewa w życiu takie chwile, że lubi otaczać się przedmiotami, które przypominają smutek.

Smutek ten nie gnieździł się mnie, ale w mieszkaniu bliskich sąsiadów. Z okna mogłem co dzień spoglądać do wnętrza ich pokoiku.

Jeszcze w kwietniu było ich troje: pan, pani i mała służąca, która sypiała, o ile wiem, na kuferku za szafą. Szafa była ciemnowiśniowa. W lipcu, jeżeli mnie pamięć nie zwodzi, zostało ich tylko dwoje: pani i pan, bo służąca przeniosła się do takich państwa, którzy płacili jej trzy ruble na rok i co dzień gotowali obiady.

W październiku została już tylko - pani, sama jedna. To jest niezupełnie sama, ponieważ w pokoju znajdowało się jeszcze dużo sprzętów: dwa łóżka, stół, szafa... Ale na początku listopada sprzedano z licytacji niepotrzebne rzeczy, a przy pani ze wszystkich pamiątek po mężu została tylko kamizelka, którą obecnie posiadam.

Lecz w końcu listopada pewnego dnia pani zawołała do pustego mieszkania handlarza starzyzny i sprzedała mu swój parasol za dwa złote i kamizelkę po mężu za czterdzieści groszy. Potem zamknęła mieszkanie na klucz, powoli przeszła na dziedziniec, w bramie oddała klucz stróżowi, chwilę popatrzyła w swoje niegdyś okno, na które padały drobne płatki śniegu, i - znikła za bramą.

Na dziedzińcu został handlarz starzyzny. Podniósł do góry wielki kołnierz kapoty, pod pachę wetknął dopiero co kupiony parasol i owinąwszy w kamizelkę ręce czerwone z zimna, mruczał:

- Handel, panowie... handel!... Zawołałem go.

- Pan dobrodziej ma co do sprzedania? - zapytał wchodząc.

- Nie, chcę od ciebie coś kupić.

- Pewnie wielmożny pan chce parasol?... - odparł Żydek. Rzucił na ziemię kamizelkę, otrząsnął śnieg z kołnierza i z wielką usilnością począł otwierać parasol.

- A fajn mebel!... - mówił. - Na taki śnieg to tylko taki parasol... Ja wiem, że wielmożny pan może mieć całkiem jedwabny parasol, nawet ze dwa. Ale to dobre tylko na lato!...

- Co chcesz za kamizelkę? - spytałem.

- Jake kamyzelkie?... - odparł zdziwiony, myśląc zapewne o swojej własnej.

Ale wnet opamiętał się i szybko podniósł leżącą na ziemi.

- Za te kamyzelkie?... Pan dobrodziej pyta się o te kamyzelkie?...

A potem, jakby zbudziło się w nim podejrzenie, spytał:

- Co wielmożnego pana po take kamyzelkie?!...

- Ile chcesz za nią?

Żydowi błysnęły żółte białka, a koniec wyciągniętego nosa poczerwieniał jeszcze bardziej.

- Da wielmożny pan... rubelka! - odparł roztaczając mi przed oczyma towar w taki sposób, ażeby okazać wszystkie jego zalety.

- Dam ci pół rubla.

- Pół rubla?... taki ubjór?... To nie może być! - mówił handlarz.

- Ani grosza więcej.

- Niech wielmożny pan żartuje zdrów!... - rzekł klepiąc mnie po ramieniu. - Pan sam wi, co taka rzecz jest warta. To przecie nie jest ubjór na małe dziecko, to jest na dorosłe osoby...

- No, jeżeli nie możesz oddać za pół rubla, to już idź. Ja więcej nie dam.

- Ino niech się pan nie gniewa! - przerwał mięknąc. - Na moje
sumienie, za pół rubelka nie mogę, ale - ja zdaję się na pański
rozum... Niech pan sam powie: co to jest wart, a ja się zgodzę!... 'Ja
wolę dołożyć, byle to się stało, co pan chce.
- Kamizelka jest warta pięćdziesiąt groszy, a ja d daję pól rubla.
- Pół rubla?... Niech będzie już pół rubla!... - westchnął wpychając
mi kamizelkę w ręce. - Niech będzie moja strata, byle ja z gęby nie
robił... ten wjatr!...
I wskazał ręką na okno, za którym kłębił się tuman śniegu. Gdym
sięgnął po pieniędze, handlarz, widocznie coś przypomniawszy
sobie, wyrwał mi jeszcze raz kamizelkę i począł szybko rewidować
jej kieszonki.
- Czegóż ty tam szukasz?
- Możem co zostawił w kieszeni, nie pamiętam! - odparł
najnaturalniejszym tonem, a zwracając mi nabytek dodał:
- Niech jaśnie pan dołoży choć dziesiątkę!...
- No, bywaj zdrów! - rzekłem otwierając drzwi.
- Upadam do nóg!... Mam jeszcze w domu bardzo porządne futro...
I jeszcze zza progu, wytknąwszy głowę, zapytał:
- A może wielmożny pan każe przynieść serki owczych?...
'W parę minut znowu wołał na podwórzu: "Handel! handel!..." - a
gdym stanął w oknie, ukłonił mi się z przyjacielskim uśmiechem.
Śnieg zaczął tak mocno padać, że prawie zmierzchło się.
Położyłem kamizelkę na stole i począłem marzyć to o pani, która
wyszła za bramę nie wiadomo dokąd, to o mieszkaniu, stojącym
pustką obok mego, to znowu o właścicielu kamizelki, nad którym
coraz gęstsza warstwa śniegu narasta...
Jeszcze trzy miesiące temu słyszałem, jak w pogodny dzień
wrześniowy rozmawiali ze sobą. W maju pani raz nawet - nuciła
jakąś piosenkę, on śmiał się czytając "Kuriera Świątecznego". A
dziś...
Do naszej kamienicy sprowadzili się na początku kwietnia.
Wstawali dość rano, pili herbatę z blaszanego samowaru i razem
wychodzili do miasta. Ona na lekcje, on do biura.
Był to drobny urzędniczek, który na naczelników wydziałowych
patrzył z takim podziwem jak podróżnik na Tatry. Za to musiał
dużo pracować, po całych dniach. Widywałem nawet go i o
północy, przy lampie, zgiętego nad stolikiem.
Żona zwykle siedziała przy nim i szyła. Niekiedy spojrzawszy na
niego przerywała swoją robotę i mówiła tonem upominającym:
- No, już dość będzie, połóż się spać.

- A ty kiedy pójdziesz spać?...
- Ja... jeszcze tylko dokończę parę ściegów...
- No... to i ja napiszę parę wierszy... Znowu oboje pochylali głowy i
robili swoje. I znowu po niejakim czasie pani mówiła:
- Kładź się!... kładź się!...
Niekiedy na jej słowa odpowiadał mój zegar wybijając pierwszą.
Byli to ludzie młodzi, ani ładni, ani brzydcy, w ogóle spokojni. O
ile pamiętam, pani była znacznie szczuplejsza od męża, który miał
budowę wcale tęgą. Powiedziałbym, że nawet za tęgą na tak
małego urzędnika.
Co niedzielę, około południa, wychodzili na spacer trzymając się
pod ręce i wracali do domu późno wieczór. Obiad zapewne jedli w
mieście. Raz spotkałem ich przy bramie oddzielającej Ogród
Botaniczny od Łazienek. Kupili sobie dwa kufle doskonałej wody i
dwa duże pierniki, mając przy tym spokojne fizjognomię
mieszczan, którzy zwykli jadać przy herbacie gorącą szynkę z
chrzanem.
W ogóle biednym ludziom niewiele potrzeba do utrzymania
duchowej równowagi. Trochę żywności, dużo roboty i dużo
zdrowia. Reszta sama się jakoś znajduje.
Moim sąsiadom, o ile się zdaje, nie brakło żywności, a
przynajmniej roboty. Ale zdrowie nie zawsze dopisywało.
Jakoś w lipcu pan zaziębił się, zresztą nie bardzo. Dziwnym jednak
zbiegiem okoliczności dostał jednocześnie tak silnego krwotoku,
że aż stracił przytomność.
Było to już w nocy. Żona, utuliwszy go na łóżku, sprowadziła do
pokoju stróżowę, a sama pobiegła po doktora. Dowiadywała się o
pięciu, ale znalazła ledwie jednego, i to wypadkiem, na ulicy.
Doktor, spojrzawszy na nią przy blasku migotliwej latarni, uznał
za stosowne ją przede wszystkim uspokoić. A ponieważ chwilami
zataczała się, zapewne ze zmęczenia, a dorożki na ulicy nie było,
więc podał jej rękę i idąc tłomaczył, że krwotok jeszcze niczego nie
dowodzi.
- Krwotok może być z krtani, z żołądka, z nosa, z płuc rzadko
kiedy. Zresztą, jeżeli człowiek zawsze był zdrów, nigdy nie
kaszlał...
- O, tylko czasami! - szepnęła pani zatrzymując się dla nabrania
tchu.
- Czasami? to jeszcze nic. Może mieć lekki katar oskrzeli.
- Tak... to katar! - powtórzyła pani już głośno.
- Zapalenia płuc nie miał nigdy?...

- Owszem!... - odparła pani, znowu stając. Trochę się nogi pod nią chwiały.

- Tak, ale zapewne już dawno?... - pochwycił lekarz.

- O, bardzo... bardzo dawno!... - potwierdziła z pośpiechem. - Jeszcze tamtej zimy.

- Półtora roku temu.

- Nie... Ale jeszcze przed Nowym Rokiem... O, już dawno!

- A!... Jaka to ciemna ulica, a w dodatku niebo trochę zasłonięte... - mówił lekarz.

Weszli do domu. Pani z trwogą zapytała stróża: co słychać? -i dowiedziała się, że nic. W mieszkaniu stróżowa także powiedziała jej, że nic nie słychać, a chory drzemał.

Lekarz ostrożnie obudził go, wybadał i także powiedział, że to nic.

- Ja zaraz mówiłem, że to nic! - odezwał się chory.

- O, nic!... - powtórzyła pani ściskając jego spotniałe ręce. -Wiem przecie, że krwotok może być z żołądka albo z nosa. U ciebie pewnie z nosa... Tyś taki tęgi, potrzebujesz ruchu, a ciągle siedzisz... Prawda, panie doktorze, że on potrzebuje ruchu?...

- Tak! tak!... Ruch jest w ogóle potrzebny, ale małżonek pani musi parę dni poleżeć. Czy może wyjechać na wieś?

- Nie może... - szepnęła pani ze smutkiem.

- No - to nic! Więc zostanie w Warszawie. Ja będę go odwiedzał, a tymczasem - niech sobie poleży i odpocznie. Gdyby się zaś krwotok powtórzył... - dodał lekarz.

- To co, panie? - spytała żona blednąc jak wosk.

- No, to nic. Mąż pani wypocznie, tam się zasklepi...

- Tam... w nosie? - mówiła pani składając przed doktorem ręce.

- Tak... w nosie! Rozumie się. Niech pani uspokoi się, a resztę zdać na Boga. Dobranoc.

Słowa doktora tak uspokoiły panią, że po trwodze, jaką przechodziła od kilku godzin, zrobiło się jej prawie wesoło.

- No, i cóż to tak wielkiego! - rzekła, trochę śmiejąc się, a trochę popłakując.

Uklękła przy łóżku chorego i zaczęła całować go po rękach.

- Cóż tak wielkiego! - powtórzył pan cicho i uśmiechnął się. -Ile to krwi na wojnie z człowieka upływa, a jednak jest potem zdrów!...

- Już tylko nic nie mów - prosiła go pani.

Na dworze zaczęło świtać. W lecie, jak wiadomo, noce są bardzo krótkie.

Choroba przeciągnęła się znacznie dłużej, niż myślano. Mąż nie chodził już do biura, co mu tym mniej robiło kłopotu, że jako urzędnik najemny, nie potrzebował brać urlopu, a mógł wrócić, kiedy by mu się podobało i - o ile znalazłby miejsce. Ponieważ gdy siedział w mieszkaniu, był zdrowszy, więc pani wystarała się jeszcze o kilka lekcyj na tydzień i za ich pomocą opędzała domowe potrzeby.

Wychodziła zwykle do miasta o ósmej rano. Około pierwszej wracała na parę godzin do domu, ażeby ugotować mężowi obiad na maszynce, a potem znowu wybiegała na jakiś czas.

Za to już wieczory spędzali razem. Pani zaś, aby nie próżnować, brała trochę więcej do szycia.

Jakoś w końcu sierpnia spotkała się pani z doktorem na ulicy. Długo chodzili razem. W końcu pani schwyciła doktora za rękę i rzekła błagalnym tonem:

- Ale swoją drogą niech pan do nas przychodzi. Może też Bóg da!... On tak się uspakaja po każdej pańskiej wizycie...

Doktor obiecał, a pani wróciła do domu jakby spłakana. Pan też, skutkiem przymusowego siedzenia, zrobił się jakiś drażliwy i zwątpiały. Zaczął wymawiać żonie, że jest zanadto o niego troskliwa, że on mimo to umrze, a w końcu zapytał:

- Czy nie powiedział ci doktor, że ja nie przeżyję kilku miesięcy?

Pani zdrętwiała.

- Co ty mówisz? - rzekła. - Skąd ci takie myśli?... Chory wpadł w gniew.

- Oo, chodźże tu do mnie, o tu!... - mówił gwałtownie, chwytając ją za ręce. - Patrz mi prosto w oczy i odpowiadaj: nie mówił ci doktor?

I utopił w niej rozgorączkowane spojrzenie. Zdawało się, że pod tym wzrokiem mur wyszeptałby tajemnicę, gdyby ją posiadał.

Na twarzy kobiety ukazał się dziwny spokój. Uśmiechała się łagodnie, wytrzymując to dzikie spojrzenie. Tylko jej oczy jakby szkłem zaszły.

- Doktor mówił - odparła - że to nic, tylko że musisz trochę wypocząć...

Mąż nagle puścił ją, zaczął drżeć i śmiać się, a potem machając ręką rzekł:

- No widzisz, jakimj a nerwowy!... Koniecznie ubrdało mi się, że doktor zwątpił o mnie... Ale... przekonałaś mnie... Już jestem spokojny!...

I coraz weselej śmiał się ze swoich przywidzeń.

Zresztą taki atak podejrzliwości nigdy się już nie powtórzył. Łagodny spokój żony był przecie najlepszą dla chorego wskazówką, że stan jego nie jest złym.

Bo i z jakiej racji miał być zły? Był wprawdzie kaszel, ale - to z kataru oskrzeli. Czasami, skutkiem długiego siedzenia, pokazywała się krew - z nosa. No, miewał też jakby gorączkę, ale właściwie nie była to gorączka, tylko - taki stan nerwowy.

W ogóle czuł się coraz zdrowszym. Miał nieprzepartą chęć do jakichś dalekich wycieczek, lecz - trochę sił mu brakło. Przyszedł nawet czas, że w dzień nie chciał leżyć w łóżku, tylko siedział na krześle ubrany, gotowy do wyjścia, byle go opuściło to chwilowe osłabienie.

Niepokoił go tylko jeden szczegół.

Pewnego dnia kładąc kamizelkę uczuł, że jest jakoś bardzo luźna.

- Czybym aż tak schudł?... - szepnął.

- No, naturalnie, że musiałeś trochę zmizernieć - odparła żona. - Ale przecież nie można przesadzać...

Mąż bacznie spojrzał na nią. Nie oderwała nawet oczu od roboty. Nie, ten spokój nie mógł być udany!... Żona wie od doktora, że on nie jest tak znowu bardzo chory, więc nie ma powodu martwić się.

W początkach września nerwowe stany, podobne do gorączki, występowały coraz silniej, prawie po całych dniach.

- To głupstwo! - mówił chory. - Na przejściu od lata do jesieni najzdrowszemu człowiekowi trafia się jakieś rozdrażnienie, każdy jest nieswój... To mnie tylko dziwi: dlaczego moja kamizelka leży na mnie coraz luźniej?... Strasznie musiałem schudnąć, i naturalnie dopóty nie mogę być zdrowym, dopóki mi ciała nie przybędzie, to darmo!...

Żona bacznie przysłuchiwała się temu i musiała przyznać, że mąż ma słuszność.

Chory co dzień wstawał z łóżka i ubierał się, pomimo że bez pomocy żony nie mógł wciągnąć na siebie żadnej sztuki ubrania. Tyle przynajmniej wymogła na nim, że na wierzch nie kładł surduta, tylko paltot.

- Dziwić się tu - mówił nieraz, patrząc w lustro - dziwić się tu, że ja nie mam sił. Ależ jak wyglądam!...

- No, twarz zawsze łatwo się zmienia - wtrąciła żona.

- Prawda, tylko że ja i w sobie chudnę...

- Czy ci się nie zdaje? - spytała pani z akcentem wielkiej wątpliwości. Zamyślił się.

- Ha! może i masz racją... Bo nawet... od kilku dni uważam, że... coś... moja kamizelka...

- Dajże pokój! - przerwała pani - przecież nie utyłeś...
- Kto wie? Bo, o ile uważam po kamizelce, to...
- W takim razie powinny by ci wracać siły.
- Oho! chciałabyś tak zaraz... Pierwej muszę przecież choć cokolwiek nabrać ciała. Nawet powiem ci, że choć i odzyskam ciało, to i wtedy jeszcze nie zaraz nabiorę sił... A co ty tam robisz za szafą?... - spytał nagle.
- Nic. Szukam w kufrze ręcznika, a nie wiem... czy jest czysty. •'
- Nie wysilajże się tak, bo aż ci się głos zmienia... To przecież ciężki kufer...

Istotnie, kufer musiał być ciężki, bo pani aż porobiły się wypieki na twarzy. Ale była spokojna.

Odtąd chory coraz pilniejszą zwracał uwagę na swoją kamizelkę. Co parę zaś dni wołał do siebie żonę i mówił:

- No... patrzajże. Sama się przekonaj: wczoraj mogłem tu jeszcze włożyć palec, o - tu... A dziś już nie mogę. Ja istotnie zaczynam nabierać ciała!...

Ale pewnego dnia radość chorego nie miała granic. Kiedy żona wróciła z lekcy j, powitał ją z błyszczącymi oczyma i rzekł bardzo wzruszony:

- Posłuchaj mnie, powiem ci jeden sekret... Ja z tą kamizelką, widzisz, trochę szachrowałem. Ażeby ciebie uspokoić, co dzień sam ściągałem pasek, i dlatego - kamizelka była ciasna... tym sposobem dociągnąłem wczoraj pasek do końca. Już martwiłem się myśląc, że się wyda sekret, gdy wtem dziś... Wiesz, co d powiem?... Ja dziś, daję ci najświętsze słowo, zamiast ściągać pasek, musiałem go trochę rozluźnić!... Było mi formalnie ciasno, choć jeszcze wczoraj było cokolwiek luźniej...

No, teraz i ja wierzę, że będę zdrów... Ja sam!... Niech doktor myśli, co chce...

Długa mowa tak go wysiliła, że musiał przejść na łóżko. Tam jednak, jako człowiek, który bez ściągania pasków zaczyna nabierać ciała, nie położył się, ale jak w fotelu oparł się w objęciach żony.

- No, no!... - szeptał - kto by się spodziewał?... Przez dwa tygodnie oszukiwałem moją żonę, że kamizelka jest ciasna, a ona dziś naprawdę sama ciasna!...
- No... no!...

I przesiedzieli tuląc się jedno do drugiego cały wieczór.

Chory był wzruszony jak nigdy.

- Mój Boże! - szeptał całując żonę po rękach - a ja myślałem, że już tak będę chudnął do... końca. Od dwu miesięcy dziś dopiero, pierwszy raz, uwierzyłem w to, że mogę być zdrów. Bo to przy chorym wszyscy kłamią, a żona najwięcej. Ale kamizelka - ta już nie skłamie!...

- -

Dziś patrząc na starą kamizelkę widzę, że nad jej ściągaczami pracowały dwie osoby. Pan - co dzień posuwał sprzączkę, ażeby uspokoić żonę, a pani co dzień - skracała pasek, aby mężowi dodać otuchy.

"Czy znowu zejdą się kiedy oboje, ażeby powiedzieć sobie cały sekret o kamizelce?..." - myślałem patrząc na niebo.

Nieba prawie już nie było nad ziemią. Padał tylko śnieg taki gęsty i zimny, że nawet w grobach marzły ludzkie popioły.

Któż jednak powie, że za tymi chmurami nie ma słońca?...

GRZECHY DZIECIŃSTWA

Urodziłem się w epoce, kiedy każdy człowiek musiał mieć przydomek, choćby niekoniecznie słuszny.

Z tego powodu naszą dziedziczkę nazywali hrabiną, mego ojca jej plenipotentem, a mnie bardzo rzadko Kaziem albo Leśniewskim, ale dość często urwisem, dopóki byłem w domu, albo osłem, kiedym już poszedł do szkół.

Ponieważ na próżno szukałby kto nazwiska naszej dziedziczki w słowniku rodzin arystokratycznych, zdaje mi się więc, że blask jej hrabiowskiej korony nie sięgał dalej niż plenipotencja mego śp. ojca. Przypominam sobie nawet, że tytuł hrabiny był rodzajem pomnika, którym śp. mój ojciec uczcił radosny wypadek podwyższenia mu pensji rocznie o sto złotych. Nasza pani w milczeniu przyjęła ofiarowaną jej godność, a w kilka dni później ojciec mój awansował z rządcy na plenipotenta i otrzymał zamiast dyplomu niesłychanej wielkości wieprzka, po sprzedaniu którego kupiono mi pierwsze buty.

Ojciec, ja i moja siostra Zosia (bom już nie miał matki) mieszkaliśmy w murowanej oficynie, o kilkadziesiąt kroków od pałacu. Pałac zaś zajmowała pani hrabina z córeczką Lonią, moją rówieśnicą, z jej guwernantką, ze starą gospodynią Salusią tudzież z wielką liczbą garderobianych i panien służących. Dziewczęta te po całych dniach szyły, z czego wyprowadziłem wniosek, że wielkie panie są od tego, ażeby darły odzież, a dziewczęta -ażeby ją naprawiały. O innych przeznaczeniach wielkich dam i ubogich dziewcząt nie miałem pojęcia, co w oczach ojca stanowiło jedyną moją zaletę.

Pani hrabina była młodą wdową, którą mąż dość wcześnie pogrążył w nieutulonym smutku. O ile mi wiadomo z tradycji, nieboszczyka nikt nie tytułował hrabią ani on nikogo plenipotentem. Natomiast sąsiedzi z dziwną w naszym kraju jednomyślnością nazywali go półgłówkiem. W każdym razie był to człowiek niepospolity. Zajeżdżał wierzchowe konie, tratował na polowaniach chłopskie zasiewy, a z sąsiadami pojedynkował się o psy i zające. W domu męczył żonę zazdrością, a służbie zatruwał życie długim pieprzowym cybuchem. Po śmierci oryginała jego wierzchowce poszły do wożenia gnoju, a psy rozdarowano. Świat zaś otrzymał po nim w spadku małą córeczkę i młodą wdowę. Ach! przepraszam, bo został jeszcze olejny portret nieboszczyka z herbowym sygnetem na palcu i - ów pieprzowy wybuch, który skutkiem niewłaściwego użycia wygiął się jak turecka szabla. Pałacu prawie nie znałem. Raz dlatego, żem wolał biegać po polach niż wywracać się na śliskiej posadzce, a po wtóre, że mnie tam nie wpuszczała służba, bo przy pierwszych odwiedzinach miałem nieszczęście stłuc duży wazon saski.

Z hrabianką, przed moim wejściem do szkół, bawiliśmy się tylko jeden raz, mając oboje niespełna po dziesięć lat. Przy sposobności chciałem ją nauczyć sztuki łażenia po drzewach i usadowiłem ją na żerdziowym płocie w taki sposób, że dziewczynka poczęła wniebogłosy krzyczeć, za co jej guwernantka wybiła mnie niebieskim parasolem mówiąc, że mogłem Loni zrobić na całe życie nieszczęśliwą.

Od tej pory zbudził się we mnie wstręt do małych dziewcząt, z których żadna nie była w stanie ani łazić po drzewach, ani kąpać się ze mną w stawie, ani jeździć konno, ani strzelać z łuku albo rzucać kamieni z procy. W razie zaś bitwy, bez której - cóż znaczy zabawa! prawie każda zaczynała mazać się i biegła do kogoś na skargę.

Ponieważ z folwarcznymi chłopcami ojciec znowu nie pozwalał mi się wdawać, a siostra prawie całe dnie przepędzała w pałacu, więc rosłem i hodowałem się sam jak drapieżne pisklę, które porzucili rodzice. Kąpałem się pode młynem albo w dziurawym czółnie pływałem po stawie. W parku, ze zwinnością kota, goniłem po gałęziach wiewiórki. Raz wywróciło mi się czółno i pół dnia przesiedziałem na pływającej kępie, nie większej od balii. Raz przez dymnik wdrapałem się na dach pałacu tak nieszczęśliwie, że musiano związać dwie drabiny dla sprowadzenia mnie stamtąd. Innego dnia całą dobę błąkałem się po lesie, a jeszcze innego stary wierzchowiec nieboszczyka dziedzica, przypomniawszy sobie lepsze czasy, z godzinę ponosił mnie przez pola i w końcu - zapewne niechcący - przyprawił o złamanie nogi, która zresztą zrosła mi się dość prędko.

Nie mając z kim żyć, żyłem z naturą. Znałem w parku każde mrowisko, w polu każdą jamę chomików, w ogrodzie każdą ścieżkę kretów. Wiedziałem o ptasich gniazdach i o dziuplach, gdzie hodowały się młode wiewiórki. Odróżniałem szmer każdej lipy około domu i umiałem wyśpiewać to, co wiatr wygrywa na drzewach. Nieraz słyszałem jakieś wiekuiste chodzenie po lesie, choć nie wiedziałem, czyje ono. Wpatrywałem się w migotanie f gwiazd, rozmawiałem z nocną ciszą, a nie mając kogo całować, całowałem psy podwórzowe. Matka moja dawno odpoczywała w ziemi. Już nawet pod przyciskającym ją kamieniem zrobił się otwór sięgający pewnie aż do wnętrza grobu. Raz, kiedy mnie za coś obito, poszedłem tam, wzywałem jej, nadstawiałem ucha, czy nie odpowie... Ale nie odpowiedziała nic. Widać naprawdę - umarła.

W owym czasie tworzyłem sobie pierwsze pojęcia o ludziach i o ich stosunkach. W mojej na przykład wyobraźni plenipotent musiał koniecznie być trochę otyły, mieć rumianą twarz, wąs zwieszony, duże brwi nad siwymi oczami, basowy głos i przynajmniej taką zdolność do krzyczenia - jak mój ojciec. Osoby zwanej hrabiną nie mogłem wyobrazić sobie inaczej, tylko jako wysoką damę, z piękną twarzą i smutnymi oczyma, chodzącą w milczeniu po parku w białej powłóczystej sukni.

Za to o człowieku noszącym tytuł hrabiego nie miałem pojęcia. Podobny człowiek, gdyby nawet istniał, wydawał mi się rzeczą mniej znaczącą od hrabiny, a nawet całkiem nieużyteczną i nieprzyzwoitą. Według moich poglądów tylko w obszernej sukni z drugim ogonem mógł przemieszkiwać majestat jaśnie wielmożności; wszelkie zaś odzienia krótkie, obcisłe, a tym bardziej złożone z dwu części mogły służyć tylko pisarzom prowentowym, gorzelnikom, a w najlepszym razie plenipotentom.

Takim był mój legitymizm oparty na przykazaniach ojca, który nieustannie zalecał mi - kochać i czcić panią hrabinę. Zresztą gdybym kiedy zapomniał o tych przepisach, dość mi było spojrzeć na czerwoną szafę w kancelarii ojca, gdzie obok kwitów i notatek wisiała na gwoździu pięciopalczasta dyscyplina, wcielenie zasad i społecznego porządku. Stanowiła ona dla mnie pewien rodzaj encyklopedii, na którą patrząc przypominałem sobie, że nie należy drzeć butów, ciągnąć źrebiąt za ogony, że wszelka władza pochodzi od Boga itd.

Ojciec mój był człowiek niezmęczony w pracy, nieskazitelnie uczciwy, a nawet bardzo łagodny. Z chłopów i służby nikogo nie tknął palcem, tylko strasznie krzyczał. Jeżeli zaś był nieco surowy dla mnie, to zapewne nie bez słusznych powodów. Nasz organista, któremu raz wsypałem do tabaki odrobinę ciemiężycy, skutkiem czego przez całą mszę świętą kichał zamiast śpiewać i wciąż mylił się w graniu, często mawiał, że gdyby miał takiego jak ja syna, to by mu strzelił w łeb.

Dobrze pamiętam to zdanie.

Panią hrabinę nazywał ojciec aniołem dobroci. Istotnie, w jej wsi nie było ludzi ani głodnych, ani obdartych, ani krzywdzonych. Komu zrobiono źle, szedł do niej na skargę; kto był chory, brał ze dworu lekarstwo; komu urodziło się dziecko, prosił dziedziczkę w kumy.

Moja siostra uczyła się razem z hrabianką, a ja sam, choć unikałem arystokratycznych stosunków, miałem jednak sposobność przekonania się o nadzwyczajnej łagodności hrabiny. Ojciec mój posiadał kilka sztuk broni, z której każda była przeznaczona do innego celu. Ogromna dubeltówka miała służyć do zabijania wilków, które dusiły cielęta naszej dziedziczki; skałkowy pistolet miał być użyty na obronę wszelkiej innej własności hrabiny, a wojskowy pałasz na obronę jej honoru. Swojej własności i honoru ojciec broniłby zapewne cywilnym kijem, bo cały ów bojowy rynsztunek, co kilka miesięcy pomazany tłustością, leżał gdzieś w takim kącie na strychu, że nawet ja nie mogłem go znaleźć.

Swoją drogą wiedziałem o tej broni i bardzom do niej tęsknił. Nieraz marzyło mi się, że spełnię taki szlachetny czyn, za który ojciec pozwoli mi strzelić z ogromnego pistoletu, a tymczasem wymykałem się do gajowych i uczyłem się "wygarniać" z ich długich pojedynek, które posiadały tę własność, że przy wystrzale wyrządzały bezpośrednią szkodę tylko moim szczękom nie tykając żadnego stworzenia.

Pewnego dnia, podczas naoliwiania dubeltówki przeznaczonej na wilki, pistoletu na obronę własności i pałasza na obronę honoru hrabiny, udało mi się ukraść ojcu garść prochu, który o ile wiem, nie miał jeszcze specjalnego przeznaczenia. Gdy ojciec wyjechał w pole, schwyciłem olbrzymi klucz od spichrza, który posiadał otwór podobny do lufy tudzież dziurkę z boku, i poszedłem na polowanie.

Wielki klucz do połowy nabiłem prochem, wsypałem szczyptę połamanych guzików od nie dającej się wymienić części ubrania, przybiłem jak należy pakułami, a na wywołanie eksplozji wziąłem pudło hubczanych zapałek.

Ledwiem wyszedł za dom, ujrzałem kilka wron polujących na dworskie kaczęta. Prawie w moich oczach jedna ze szkodnic porwała kaczę, a nie mogąc go dość łatwo unieść przysiadła na obórce.

Na ten widok zagrała we mnie krew przodków spod Wiednia. Podkradłem się pod obórkę, zatliłem hubkę, wymierzyłem klucz w lewe oko wrony, dmuchnąłem, podpaliłem... Huknęło - jakby piorun uderzył. Ze szczytu obórki stoczyło się już zaduszone kaczątko na ziemię, wrona dotknięta śmiertelną obawą uciekła na najwyższą lipę, ja zaś ze zdumieniem przekonałem się, że w moich rękach z wielkiego klucza zostało tylko ucho, ale za to ze słomianego dachu obory zaczyna wydobywać się niewielki kłębik dymu, jakby kto palił fajkę.

W kilka minut później obórka, wartująca około pięćdziesięciu złotych, stanęła w ogniu.

Zbiegli się ludzie, przygalopował na koniu mój ojciec, po czym w asystencji tych wszystkich dzielnych i uczciwych osób, nieruchomość "wypaliła się - do środka ziemi" - jak powiedział pan gorzelany.

Przez ten czas ze mną działy się nieopisane rzeczy. Naprzód pobiegłem do mieszkania i powiesiłem na właściwym miejscu ucho od rozerwanego klucza. Potem uciekłem do parku z zamiarem utopienia się w sadzawce. W sekundę później zasadniczo zmieniłem projekt, postanowiłem kłamać jak prowentowy pisarz i wyprzeć się klucza, strzelania i obórki. Gdy mnie zaś schwytano - od razu przyznałem się do wszystkiego.

Zaprowadzono mnie do pałacu. Na tarasie zobaczyłem mego ojca, panią hrabinę w powłóczystej sukni, hrabiankę ubraną dość kuso i moją siostrę, obie płaczące; potem - klucznicę Salusię, kamerdynera, lokaja, chłopca z kredensu, kucharza, kuchcika i cały rój pokojówek, garderobianych i dziewcząt. Gdym odwrócił oczy w przeciwną stronę, ujrzałem za budynkami - zielone wierzchołki lip, a nieco dalej żółtawobrunatny słup dymu, który, jakby umyślnie, unosił się nad pogorzeliskiem.

W tej chwili przypomniałem sobie słowa organisty, który mówił o konieczności strzelenia mi w łeb, i wywnioskowałem, że jeżeli kiedy, to chyba dzisiaj spotka mnie śmierć gwałtowna. Spaliłem oborę, zepsułem klucz od spichrza; siostra płacze, cała służba stoi w komplecie przed pałacem, cóż to więc znaczy?... Patrzyłem tylko, czy kucharz ma swoją fuzją - do jego bowiem obowiązków należało strzelanie zajęcy tudzież śmiertelnie chorych zwierząt domowych.

Przyprowadzono mnie do samej pani hrabiny. Ona spojrzała na mnie smutnymi oczyma, a ja, założywszy ręce w tył (jak to zwykłem był machinalnie czynić w obecności ojca), zadarłem głowę do góry, bo pani była wysoka.

W taki sposób przez kilka chwil przyglądaliśmy się sobie. Służba milczała, a w powietrzu czuć było spaleniznę.

- Zdaje mi się, panie Leśniewski, że ten chłopczyk jest bardzo żywego usposobienia? - rzekła melodyjnym głosem pani hrabina do mego ojca.

- Łajdak!... podpalacz!... zepsuł mi klucz od spichrza! -odparł ojciec, a potem prędko dodał:

- Upadnij do nóg pani hrabinie, ty łotrze!... I lekko popchnął mnie naprzód.

- Macie mnie zabić, to zabijcie, ale ja tam nikomu nie będę padał do nóg! - odpowiedziałem nie spuszczając oka z pani, która zrobiła na mnie dziwne wrażenie.

- Chy!... Jezu... - jęknęła zgorszona Salusia składając ręce.

- Uspokój się, mój chłopczyku, bo tu nikt nie zrobi ci krzywdy - rzekła pani.

- Aha! nikt... Niby ja nie wiem, że mi strzelicie w łeb... Przecie mi to obiecał organista! - odparłem.

- Chy!... Jezu... - zawołała po raz drugi klucznica.

- Hańbi moją starość! - odezwał się ojciec. - Trzy skóry bym z tego gałgana zdarł i posolił, żeby go pod swoją obronę nie wzięła pani hrabina.

W rogu tarasu stojący kucharz zasłonił usta ręką i śmiał się, aż zsiniał. Nie mogłem wytrzymać i - pokazałem mu język.

Służba zaszemrała ze zdziwienia, a ojciec, chwytając mnie za ramię, krzyknął:

- A ty znowu co?... Wobec pani hrabiny pokazujesz język?...

- Ja pokazałem język kucharzowi, bo on myślał, ze mnie tak zastrzeli jak starego bułanka ...

Pani hrabina zrobiła się leszcze smutniejsza. Odgarnęła mi włosy z czoła, spojrzała głęboko w oczy i rzekła do ojca:

- Kto wie, panie Leśniewski, co jeszcze będzie z tego dziecka?...

- Szubienicznik! - krótko odpowiedział stroskany ojciec.

- Nie wiadomo - odparła pani gładząc mi najeżone włosy. -Trzeba by go do szkół oddać, bo tu zdziczeje.

A potem, odchodząc do salonu, rzekła półgłosem:

- Jest materiał na człowieka, panie Leśniewski. Trzeba go tylko uczyć.

- Stanie się według woli pani hrabiny! - odpowiedział ojciec dając mi pięścią w kark.

Z tarasu odeszli wszyscy, ale ja zostałem, nieruchomy jak kamień, zapatrzony we drzwi, w których znikła nasza dziedziczka Teraz dopiero pomyślałem z żalem dlaczegom nie upadł jej do nóg? - i uczułem jakieś dławienie w piersiach. Gdyby kazała, chętnie położyłbym się na zgliszczach obórki i tak dałbym się powoli upiec na niej. Nie za to, że mnie nie kazała zastrzelić kucharzowi ani zbić, ale za to, ze miała taki słodki glos i takie smutne spojrzenie. Od tego dnia byłem już mniej swobodny. Pani hrabina nie życzyła sobie tracić w ogniu reszty zabudowań, ojcu było przykro, że nie mógł uregulować ze mną rachunku za spaloną oborę, a ja sam musiałem przygotowywać się do szkół. Uczyli mnie organista i gorzelany na przemian. Mówiono nawet, że jakichś przedmiotów będzie mi wykładała guwernantka z pałacu. Ale gdy dama ta, przy zapoznaniu się ze mną, zobaczyła, że mam pełne kieszenie nożów, kamieni, śrutu i kapiszonów, zlękła się tak, że już nie chciała widzieć mnie po raz drugi.

- Ja takim bandytom nie daję lekcyj - powiedziała do mojej siostry. Ja jednak w tych czasach już bardzo spoważniałem. Tylko raz chciałem się, na próbę, powiesić. Ale później wypadło mi jakieś inne zajęcie, więc nie zrobiłem sobie mc złego. Naresznie w początkach sierpnia odwieziono mnie do szkół.

Egzamin zdałem wcale dobrze dzięki polecającym listom pani hrabiny, po czym ojciec umieścił mnie na stancji z korepetycją, rodzicielską opieką i wszelkimi wygodami za dwieście złotych i pięć korcy ordynarii na rok i - sprawił mi szkolny uniform.

Nowy strój tak mnie zajął, że nie mogąc nacieszyć się nim w ciągu dnia, wstałem cichutko w nocy, ubrałem się po ciemku w surdut z czerwonym kołnierzem, włożyłem na głowę czapkę z czerwonym lampasem i miałem zamiar posiedzieć tak kilka minut. Ponieważ jednak noc była dżdżysta, ode drzwi trochę ciągnęło, a ja poza obrębem munduru i czapki byłem w negliżu, więc trochę zdrzemnąłem się i przespałem w uniformie do rana.

Taki sposób nocowania bardzo rozweselił moich kolegów, ale w gospodarzu naszej stancji obudził podejrzenie, ze ma w domu nadzwyczajnego urwisa. Pobiegł czym prędzej do zajazdu, gdzie stał mój ojciec, i powiedział mu, iż za żadne w świecie skarby nie chce mnie trzymać na stancji, chyba - że mu ojciec dołoży jeszcze pięć korcy kartofli na rok. Po długich targach stanęło na trzech korcach, ale swoją drogą ojciec pożegnał się ze mną w tak demonstracyjny sposób, że ani żałowałem go, kiedy wyjeżdżał, ani tęskniłem za domem, gdzie częściej mogły mnie spotykać podobne owacje.

Przebieg mojej edukacji w klasie pierwszej nie przedstawia żadnych wybitniejszych momentów Dziś patrząc na owe czasy z historycznej odległości, koniecznej, jak wiadomo, dla sformowania obiektywnego sądu, wyznaję, ze w ogólnych zarysach życie moje zmieniło się niewiele W szkole trochę dłużej przesiadywałem w zamkniętej sali, w domu - trochę więcej biegałem po otwartej przestrzeni Zmieniłem suknie cywilne na mundur, a osoby, pracujące nad harmonijnym rozwinięciem moich fizycznych i duchowych uzdolnień, zamiast dyscypliny - używały rózgi. I oto wszystko.

Szkoła, jak wiadomo, dzięki swemu zbiorowemu charakterowi przygotowuje chłopców do życia w, społeczeństwie i daje im takie umiejętności, jakich by nie nabyli chowając się pojedynczo. O tej prawdzie przekonałem się w tydzień po przybyciu do szkoły, gdzie nauczyłem się sztuki dawania serów, która wymaga współudziału najmniej trzech osób, a więc nie może istnieć poza obrębem społeczeństwa

Teraz dopiero odkryłem w sobie ten rzeczywisty talent, którego natura chroniła mnie od teoretycznych zaciekań, a popychała w kierunku działalności zbiorowej Należałem do pierwszorzędnych graczy w palanta, bywałem matką w bitwach, organizowałem pozaklasowe wycieczki, zwane wagusami, dyrygowałem w klasie ogólnym tupaniem lub beczeniem, cośmy sobie dla wytchnienia urządzali niekiedy, w sześćdziesięciu. Natomiast znalazłszy się samotnym wobec gramatycznych prawideł, wyjątków, deklinacyj i koniugacyj, tworzących, jak wiadomo, podstawę filozoficznego myślenia, wnet uczuwałem w duszy jakąś pustkę, z której głębi wynurzała się - senność.

Jeżeli przy takim talencie do nieuczenia się wypowiadałem lekcje stosunkowo dość płynnie, to tylko dzięki silnemu wzrokowi, który pozwalał mi czytać z książki odległej o dwie lub trzy ławki. Zdarzało się niekiedy, żem wydawał zupełnie co innego, niż było zadane, lecz wówczas uciekałem się do modelowego w takich wypadkach usprawiedliwienia. Mówiłem mianowicie, żem nie dosłyszał pytania albo że "się zaląkłem".

W ogóle byłem uczniem - przyszłości, nie tylko dlatego, żem budził niezadowolenie w starych rutynistach, a posiadałem sympatią młodych, ale i dlatego, że dobre stopnie z różnych przedmiotów, a wraz z nimi nadzieję promocji widziałem tylko w marzeniach, wybiegających daleko poza teraźniejszość.

Moje stosunki z nauczycielami były rozmaite.

Profesor łaciny pisał mi nie najgorsze stopnie za to, że pilnie uczyłem się gimnastyki, którą także on wykładał. Ksiądz prefekt wcale mi nie dawał stopni, ponieważ zasypywałem go kłopotliwymi pytaniami, na które jedyną odpowiedzią z jego strony było:

"Leśniewski, idź klęczeć!" Nauczyciel rysunków i kaligrafii protegował mnie jako rysownik, ale potępiał jako kaligraf; lecz ponieważ w jego umyśle sztuka pisania była najważniejszym szkolnym przedmiotem, więc przy głosowaniu z sobą samym przeważał na stronę kaligrafii i dawał mi jednostki, niekiedy dwójki.

Arytmetykę rozumiałem wcale dobrze, ten bowiem wykład oparty był na metodzie poglądowej, to jest "na biciu łap" za nieuwagę. Nauczyciel języka polskiego wróżył mi świetną karierę, ponieważ raz udało mi się napisać mu na imieniny wiersz obejmujący pochwałę jego surowości. Nareszcie, stopnie z innych przedmiotów zależały od tego, czy moi sąsiedzi dobrze mi podpowiadali albo czy leżąca na poprzedniej ławce książka była otwarta we właściwym miejscu.

Najpoufalsze jednak stosunki łączyły mnie z inspektorem. Człowiek ten tak przyzwyczaił się do wypukiwania mnie z klasy w czasie lekcyj i do widywania się ze mną po lekcjach, że był szczerze zaniepokojony, gdy w którym tygodniu nie przypomniałem się jego pamięci.

- Leśniewski! - zawołał pewnego dnia spostrzegłszy, że już idę z klasy do domu. - Leśniewski!... a dlaczego ty nie zostajesz?...

- Przeciem nic nie zrobił - odpowiadam mu.

- Jak to, więc nie jesteś zapisany do dziennika?

- Jak ojca kocham, tak nie!

- I umiałeś lekcje?...

- Kiedy mnie dziś wcale nie **wyrywali**!... Inspektor zamyślił się.

- Coś w tym jest! - szepnął. - Wiesz, Leśniewski, zostań ty tu na chwilkę.

- Mój złocisty panie inspektorze, przeciem ja nic nie winien!... jak ojca kocham!... jak Bozię kocham!...

- Aha... przysięgasz się, ośle?... Chodźże mi tu zaraz!... A jeżeliś naprawdę nic nie zmalował, to - policzy ci się na drugi raz!...

W ogóle miałem u pana inspektora kredyt otwarty, co mi w szkole zrobiło pewną popularność, tym istotniejszą, że nikogo nie pobudzała do konkurencji.

Między kilkudziesięcioma pierwszoklasistami, z których jeden golił już wąsy prawdziwą brzytwą, trzej po całych dniach grali w karty pod ławką, a inni byli zdrowi jak kantoniści, znajdował się kaleka - Józio. Był to chłopczyk garbaty, karzeł na swój wiek, mizerny, z małym noskiem sinym, bladymi oczyma i gładkimi włosami. Był tak wątły, że musiał odpoczywać idąc z domu do szkoły, a taki bojaźliwy, że gdy go wyrwano do lekcji, tracił mowę ze strachu. Nigdy nie bił się z nikim, tylko prosił innych, ażeby jego nie bili. Gdy mu raz "dano szczupaka" po suchej jak patyk ręczynie - zemdlał, ale otrzeźwiony - nie poskarżył się.

Miał on oboje rodziców, ale ojciec wygnał matkę z domu, a Józia zatrzymał przy sobie pragnąc sam kierować jego edukacją. Sam chciał odprowadzać syna do szkoły, chodzić z nim na spacer, dawać mu korepetycje, ale nie robił tego z powodu braku czasu, który mu dziwnie prędko ginął w handlu trunków i owsianego piwa u Moszka Lipy.

Tym sposobem Józio nie miał żadnej, opieki, a mnie się niekiedy wydawało, że na takiego malca nawet Bóg niechętnie patrzy z nieba.

Swoją drogą Józio miewał pieniądze, po sześć i po dziesięć groszy na dzień. Za to miał sobie kupować w czasie pauzy po dwie bułki i po serdelku. Ale że go wszyscy prześladowali, więc on, chcąc się choć jako tako zabezpieczyć, kupował po pięć bułek rozdawał je najsilniejszym kolegom, ażeby mieli dla niego łaskawe serca.

Podatek ten nie na wiele mu się przydał, bo poza pięcioma zjednanymi stało trzy razy tylu nieprzejednanych. Dokuczali mu bez ustanku. Ten go uszczypnął, tamten pociągnął za włosy, inny ukłuł, czwarty dał byka w ucho, a najmniej odważny nazywał go przynajmniej - garbusem.

Józio tylko uśmiechał się na te koleżeńskie żarty, czasami prosił: "Dajcie już spokój!..."- a czasami i nic nie mówił, tylko opierał się na chudych rękach i szlochał.

Koledzy wołali wtedy: "Patrzcie! jak mu się garb trzęsie!..."- i dokuczali mu jeszcze zawzięciej.

Ja z początku mało zwracałem uwagi na garbuska, który wydał mi się niemrawym. Ale raz ten duży kolega, który golił wąsy brzytwą, usiadł za Józiem i począł mu palić byki w oba uszy. Garbus zanosił się od płaczu, a klasa trzęsła się od śmiechu. Wtedy coś mnie ukłuło w serce. Schwyciłem otworzony scyzoryk i drągala, który dawał garbusowi byki, pchnąłem w rękę do kości wołając, że tak zrobię każdemu, kto Józia dotknie palcem!...

Drągalowi trysnęła krew, zbladł jak ściana i zdawało się, że zemdleje. Cała klasa nagle przestała się śmiać, a potem zaczęła krzyczeć: "Dobrze mu tak, niech nie dokucza kalece!..." W tej chwili wszedł profesor, a dowiedziawszy się, żem zranił nożem kolegę, chciał sprowadzić inspektora zdiadkiem iż rózgą. Ale wszyscy zaczęli za mną prosić, nawet sam raniony drągal; więc pocałowaliśmy się naprzód ja z drągalem, potem on z Józiem, potem Józio ze mną - i tak mi się upiekło.

Uważałem, że przez całą lekcją garbusek odwracał głowę w moją stronę i uśmiechał się zapewne dlatego, że przez ten czas nie dostał ani jednego byka. Na pauzie także mu nikt nie dokuczał, a kilku oświadczyło, że będą go bronili. On dziękował im, ale - przybiegł do mnie i chciał mi dać bułkę z masłem. Nie wziąłem, więc trochę zawstydził się, a potem rzekł cicho:
- Wiesz co, Leśniewski, powiem ci sekret.
- Gadaj! - odparłem - ale prędko... Garbusek stropił się, a potem zapytał:
- Czy ty już masz przyjaciela?...
- A mnie co po tym?...
- Bo widzisz, gdybyś chciał, to ja mógłbym być twoim przyjacielem.

Spojrzałem na niego z góry. On zmieszał się jeszcze bardziej i znowu zapytał cienkim i stłumionym głosikiem:
- Dlaczegóż ty nie chcesz, żebym był twoim przyjacielem?
- Bo ja nie wdaję się z takimi trutniami jak ty!... - odpowiedziałem.

Garbuskowi bardziej niż zwykle pośmiał nosek. Już chciał odejść, ale zwrócił się jeszcze raz do mnie mówiąc:
- To może chcesz, żebym przy tobie siedział?... Widzisz, ja uważam, co belfry zadają, robiłbym za ciebie przykłady... Umiem dobrze podpowiadać...

Ta argumentacja wydała mi się poważną. Po namyśle przyjąłem garbuska do ławki, a mój sąsiad zgodził się, za pięć bułek, odstąpić mu swego miejsca.

Już po południu Józio przeniósł się do mnie. Był to mój najszczerszy pomocnik, powiernik i chwalca. On wybierał słówka i robił wszelkie tłomaczenia, on notował zadawane przykłady, nosił kałamarz, pióra i ołówki dla nas obu. A jak podpowiadał!... Przez czas pobytu w szkołach wielu mi podpowiadało, niektórzy nawet klęczeli za to, ale żaden w tej sztuce ani się umywał do Józia. W podpowiadaniu garbusek był mistrzem, bo umiał mówić z zaciśniętymi zębami i robił przy tym tak niewinną minę, że żaden z profesorów nawet nie podejrzewał...

Ile razy osadzono mnie w kozie, garbusek przynosił ukradkiem chleb i mięso ze swego obiadu. A gdy mnie spotkała jaka większa nieprzyjemność, ze łzami w oczach zapewniał kolegów, że ja nie dam sobie zrobić krzywdy.

- Ho! ho! - mówił - Kazio jest mocny. On jak złapie **diadkę** za ramiona, to nim ciśnie o ziemię jak piórkiem. Nie bójcie się!...

Istotnie koledzy moi nie bali się, tylko on, biedak, bał się za nas obu.

Jeżeli garbusek nie potrzebował na jakiej lekcji uważać, wówczas prawił mi komplimenta:

- Mój Boże!... żebym ja był taki jak ty mocny!.-.Mój Boże!... żebym ja był taki zdolny... Wiesz, że gdybyś chciał, to za miesiąc zostałbyś prymusem...

Pewnego dnia, całkiem niespodzianie, nauczyciel języka niemieckiego wyrwał mnie na środek. Przerażony Józio ledwie miał czas podpowiedzieć mi, że do czwartej deklinacji należą wszystkie rzeczowniki rodzaju żeńskiego, na przykład *die Frau* - pani.

Ostro wyszedłem i z wielką pewnością zawiadomiłem nauczyciela, że do czwartej deklinacji należą wszystkie rzeczowniki rodzału żeńskiego, na przykład *die Frau* - pani. Ale na tym skończyła się moja wiedza.

Profesor spojrzał mi w oczy, pokiwał głową i kazał tłomaczyć. Przeczytałem po niemiecku płynnie i głośno raz, potem leszcze płynniej - drugi raz, ale gdy zacząłem czytać trzeci raz ten sam ustęp, nauczyciel kazał mi pójść na miejsce.

Wracając do ławki spostrzegłem, że Józio bardzo pilnie przypatruje się ołówkowi profesora i że ma bardzo zafrasowaną minę.

Machinalnie zapytałem garbuska:

- Nie wiesz, jaki mi dał stopień?

- Czy ja wiem - westchnął Józio.

- Ale jak ci się zdaje?

- Ja - rzekł garbusek - dałbym ci piątkę, no - zresztą czwórkę, ale on...

- A on ile mi dał? - pytałem.

- Zdałe mi się, że - pałkę. Ale to osioł, co on tam wie...- odpowiedział Józio tonem głębokiego przekonania.

Pomimo wątłości chłopczyna ten był pracowity i bystry. Ja zwykle czytałem w klasie romanse, a on słuchał wykładu i później mi go powtarzał.

Raz zapytałem go o czym mówił nasz nauczyciel zoologii?

- Widzisz, o tym - odparł garbusek z tajemniczą miną - że rośliny są podobne do zwierząt.

- Głupi on jest - odpowiedziałem.

- Ale - mówił garbusek - on ma rację. Ja już go trochę rozumiem.
Zacząłem się śmiać i rzekłem:
- No, kiedyś taki mądry, to mi powiedz z czego jest podobna wierzba do krowy?
Chłopiec zamyślił się i powoli zaczął:
- Widzisz krowa rośnie, a wierzba także rośnie
- A co dalej?
- Widzisz krowa się karmi i wierzba się karmi sokami z ziemi.
- A co dalej?
- Krowa jest rodzaju żeńskiego, no - i wierzba jest rodzału żeńskiego - objaśniał Józio.
- Ale krowa macha ogonem - rzekłem mu.
- A wierzba macha gałęźmi - odparł.
Taka suma argumentów nadwerężyła moją wiarę w istnienie różnicy między zwierzętami i roślinami. Sam pogląd podobał mi się, i od tej pory obudziło się we mnie zamiłowanie do zoologii streszczonej w książce Pisulewskiego. Dzięki wywodom garbuska zacząłem z tego przedmiotu miewać piątki.
Pewnego dnia Józio nie przyszedł do szkoły, a nazajutrz przed południem powiedziano, że ktoś mnie **wypukuje.** Wybiegłem na korytarz trochę niespokojny, jak zwykle w podobnych razach, lecz zamiast inspektora zobaczyłem tęgiego mężczyznę, z pąsową twarzą, fioletowym nosem i czerwonymi oczyma.
Nieznajomy odezwał się głosem nieco chrapliwym:
- To ty chłopcze jesteś Leśniewski?
-Ja.
Przestąpił z nogi na nogę, jakhy chwiejąc się, i dodał:
- Zajdź tam do mego syna Jozia, do tego garbatego, wiesz? On jest chory, bo onegdaj trochę go przejechali.
Znowu zachwiał się, spojrzał na mnie błędnym wzrokiem i odszedł, głośno tupiąc o podłogę. Mnie jakby kto oblał gorącą wodą. Zdawało mi się, że to ja raczej powinienem być przejechany, nie zaś biedny garbusek, on - taki dobry i wątły...
Po południu wypadła rekreacja. Nie poszedłem już do domu na obiad, tylkom pobiegł do Józia
Obaj z ojcem mieszkali na końcu miasta w dwu pokoikach parterowego domu Gdym wszedł, zastałem garbuska leżącego w krótkim łóżeczku. Był zupełnie sam, sam jeden. Ciężko oddychał i drżał z zimna, bo w piecu nie napalono. Źrenice jego rozszerzyły się tak, że miał prawie czarne oczy. W izdebce czuć było wilgoć, a z dachu padały krople topniejącego śniegu.

Pochyliłem się nad łóżkiem i spytałem:
- Co tobie, Józiu?
On ożywił się, otworzył usta jakby do uśmiechu, ale - tylko jęknął.
Wziął mnie za rękę wyschłymi rączętami i zaczął mówić:
- Ja pewnie umrę... Ale boję się... tak sam... więc prosiłem, żebyś przyszedł To... widzisz niedługo... a mnie będzie trochę weselej... Jeszcze nigdy Józio nie wydał mi się takim jak dziś. Zdawało mi się, że z kaleki wyrasta olbrzym.
Zaczął głucho jęczeć i kaszlać, aż na usta wystąpiła mu różowa piana. Potem zamknął oczy i ciężko oddychał, a czasami wcale nie oddychał. Gdybym nie czuł uścisku jego rozpalonych rączęt, myślałbym, że umarł.
Tak siedzieliśmy godzinę, dwie, trzy - milcząc. Ja prawie straciłem władzę myślenia. Józio odzywał się rzadko i z wielkim wysiłkiem. Powiedział mi. Tegoż tym najechał jakiś wóz, że go strasznie zabolał krzyż, ale już go nie boli, że ojciec wczoraj wypędził sługę, a dziś poszedł szukać innej...
Potem, nie uwalniając mi ręki, prosił, ażebym zmówił cały pacierz.
Zmówiłem, a gdym zaczął: "Kiedy ranne wstają zorze", przerwał mi:
- Mów jeszcze - rzekł - "Wszystkie nasze dzienne sprawy..." Ja już się jutro pewnie nie obudzę...
Słońce zaszło, nadciągnęła jakaś szara noc, bo poza chmurami świecił księżyc. W domu nie było świecy, zresztą - nie myślałem nawet zapalać jej. Józio był coraz niespokojniejszy, bredził i tylko chwilami odzyskiwał przytomność.
Już było późno, kiedy od ulicy kołatnęła furtka z wielkim hałasem. Przez podwórze przeszedł ktoś i gwiżdżąc otworzył drzwi naszej izby.
- To tatko? - jęknął garbusek.
- Ja, mój synu! - odparł przybysz ochrypniętym głosem. -Jakże ci tam? Pewnie lepiej!... Tak być powinno!... Zawsze uszy do góry, mój synu...
- Tatku... nie ma światła... - mówił Józio.
- Głupstwo światło!... A to kto?... - zawołał potykając się o mnie.
- To ja... - odparłem.
- Aha! Łukaszowa? dobrze!... Prześpij się dziś, a jutro - sprawię ci wnyki... Ja gubernator!... Rum-jamajka!...
- Dobranoc, tatku!... dobranoc!... - szeptał Józio.
- Dobranoc, dobranoc, moje dziecko!... - odparł przybysz i schyliwszy się nad łóżkiem - mnie pocałował w głowę. Uczułem, że

pod pachą miał butelkę.

- Wyśpij się - dodał - a jutro marsz do szkoły!... Krokiem maarrsz!... Rum-jamajka!... - wrzasnął i poszedł do drugiego pokoiku.

Tam ciężko usiadł, widocznie na kufrze, uderzył głową o ścianę, a po chwili - rozległo się miarowe bulgotanie, jakby ktoś pił.

- Kaziu!, ..-szepnął garbusek-jak już będę... tam...przyjdź do mnie czasem. Powiesz mi, co zadano na lekcje... W drugim pokoju wrzasnął przybysz:

- Zdrowia życzymy panu gubernatorowi!... Wiwat!... Ja gubernator!... Rum-jamajka!...

Józio począł się trząść i mówić coraz niespokojniej:

- Tak mnie łamie!... Czyś ty na mnie usiadł, Kaziu? Kaziu!... O, nie bijcie mnie już!...

- Rum!... Rum-jamajka - wołano w drugim pokoju. Znowu coś zabulgotało, a potem - butelka z przeraźliwym brzękiem uderzyła o podłogę.

Józio przyciągnął moją rękę do ust, schwycił zębami za palce i - nagle puścił. Już nie oddychał.

- Panie! - zawołałem. - Panie! Józio umarł!...

- Co tam pleciesz? - mruknął głos z drugiego pokoju. Zerwałem się z łóżka i stanąłem we drzwiach patrząc w ciemność.

- Józio umarł!... - powtórzyłem cały drżący. Człowiek rzucił się na kufrze i wykrzyknął:

- Wynoś mi się stąd, błaźnie!... Ja, jego ojciec, lepiej wiem, czy on umarł!... Wiwat pan gubernator!... Rum-jamajka!...

Uczułem trwogę i uciekłem.

Przez całą noc nie mogłem spać, miałem dreszcze, męczyły mnie jakieś straszne marzenia. Z rana obejrzał mnie gospodarz naszej stancji, powiedział, że mam gorączkę, że pewnie zaraziłem się od przejechanego Józia, i - kazał mi postawić na krzyżu dwanaście baniek ciętych. Po tym lekarstwie nastąpiło, jak mówił gospodarz, takie przesilenie, żem tydzień leżał w łóżku.

Nie byłem na pogrzebie Józia, którego odprowadziła cała nasza klasa z nauczycielami i księdzem prefektem. Mówiono mi, że miał czarną trumnę aksamitną, tak małą jak pudełko od skrzypców. Ojciec jego strasznie płakał, a na cmentarzu złapał trumnę i chciał z nią uciekać. Ale pomimo to Józia pochowali, a jego ojca komisarz z policjantem wyprowadzili z cmentarza.

Gdy pierwszy raz poszedłem do szkoły, powiedziano mi, że ktoś co dzień wypytuje się o mnie. Jakoż o jedenastej wypukano mnie. Wyszedłem - za drzwiami stał ojciec zmarłego Józia. Miał twarz barwy bladofioletowej, a nos popielaty. Był zupełnie trzeźwy, tylko trzęsła mu się głowa i ręce.

Człowiek ten wziął mnie pod brodę i długo wpatrywał mi się w oczy, a potem nagle rzekł:
- Ty obroniłeś Józia, kiedy mu w klasie dokuczali?... "Czy zwariował ten stary?" - pomyślałem, alem mu nic nie odpowiedział.

On objął mnie rękoma za szyję i pocałował kilka razy w głowę szepcząc:
- Niech cię Bóg błogosławi... Niech cię błogosławi!... Puścił mi głowę i znowu spytał:
- Byłeś przy jego śmierci?... Powiedz mi prawdę, bardzo on się męczył?...
Wtem cofnął się i rzekł prędko:
- Albo nie... nic mi już nie mów!... O, nikt nie wie, jakim ja nieszczęśliwy!...
Z oczu poczęły mu płynąć łzy. Schwycił się oburącz za głowę, odwrócił się ode mnie i pobiegł ku schodom krzycząc:
- Biedny ja!... biedny... biedny...
Wołał tak głośno, że na korytarz powychodzili profesorowie. Patrzyli za nim, pokiwali głowami i kazali mi wrócić do klasy.

Nad wieczorem jakiś faktor przyniósł na stancją spory kufer dla mnie i kartkę z tym tylko napisem:
"Od biedego Józia – pamiątka."
W kufrze było mnóstwo pięknych książek po nieboszczyku Józiu, a między nimi: *Księga świata*, *Historia Cezara Cantu*, *Don Quichot*, *Galeria Drezdeńska* i wiele innych. Książki te obudziły we mnie namiętną chęć do poważniejszego czytania.

Dobrze już na wiosnę wybrałem się pierwszy raz na grób Józia. Był taki mały i zgarbiony, jak on sam. Spostrzegłem, że ktoś obsadził go zielonymi gałązkami. O parę kroków dalej, między trawą, znalazłem kilka butelek z napisem: Rum-Jamaica. Siedziałem z godzinę, alem nie powiedział Józiowi, co zadali na lekcje, bo i sam nie wiedziałem, i on się nie spytał.

W tydzień znowu przyszedłem na cmentarz. Znowu zobaczyłem gałązki świeżo zatknięte w grób Józia, a między trawą - znowu znalazłem kilka całych i nadtłuczonych butelek.

W początkach maja rozeszła się po mieście szczególna wiadomość. Oto z rana, przy grobie Józia, znaleziono martwe zwłoki jego ojca. Obok nich leżała wypróżniona do połowy butelka z napisem: Rum-Jamaica.

Mówili doktorzy, że człowiek ten umarł na anewryzm.
Wypadki te oddziałały na mnie w szczególny sposób. Od tej pory ciężyło mi towarzystwo kolegów i nudziły ich krzykliwe zabawy. Wówczas zatapiałem się w czytaniu książek, które mi zostawił Józio, albo wymykałem się za miasto, w jary zarosłe krzakami, i włócząc się tam rozmyślałem - Bóg wie o czym. Nieraz zapytywałem się, dlaczego tak nędznie zginął Józio i dlaczego ojciec był tak samotny, że aż musiał tulić się do grobu syna. Czułem, że największym nieszczęściem jest opuszczenie, i zrozumiałem, dlaczego biedny garbusek szukał przyjaciela. Mnie także potrzebny był teraz przyjaciel. Ale między kolegami jakoś żaden nie przypadał mi do smaku. Przypomniałem sobie siostrę. Nie!... siostra nie zastąpi przyjaciela.

CIAG DALSZY

Koledzy mówili o mnie, żem zdziczał, a gospodarz naszej stancji nie miał już żadnej wątpliwości, że zostanę wielkim zbrodniarzem.

Nadszedł akt uroczysty, na którym inspektor doniósł całemu światu, żem otrzymał promocją do klasy drugiej. Wypadek ten napełnił mnie radosnym zdziwieniem. Nagle poczęło mi się zdawać, że jakkolwiek szkoła posiada wyższe klasy, żadna przecież nie jest tak doskonała jak - druga. Zapewniałem kolegów, że uczniowie pozostałych klas, od trzeciej do siódmej włącznie, powtarzają tylko to, czego nauczyli się w drugiej, w duszy zaś lękałem się, ażeby profesorowie nie spostrzegli się po wakacjach, żem dostał promocją tylko przez omyłkę, i nie cofnęli mnie do pierwszej klasy.

Następnego przecie dnia oswoiłem się poniekąd ze swoim szczęściem, a kiedym jechał do domu na wakacje, to przez całą drogę tłomaczyłem furmanowi, że ja jeden w klasie dostałem zasłużoną promocją i że moja promocja była najlepsza. Przytaczałem mu tak niezbite argumenta, że aż zaczął ziewać. Gdym jednak umilkł, przekonałem się ze strachem, że sam jestem pełen wątpliwości.

Drugiego dnia, dojeżdżając do domu, spotkałem w drodze siostrę Zosię, która wybiegła naprzeciw mnie. Zaraz doniosłem jej, że już jestem w drugiej klasie i że mój przyjaciel Józio umarł, bo go przejechali. Ona zaś powiedziała, że tęskniła za mną, że jej kura ma dziesięć kurcząt, że do pani hrabiny po dwa razy na tydzień przyjeżdża z wizytą jakiś pan, ze mają guwernantkę, która ^ kocha pisarza, i że nieboszczyk Józio nic ją - niby Zosię - nie obchodzi,

ponieważ był garbaty. Ale swoją drogą żałuje go.
Mówiąc to udawała dużą pannę.

Ojca zobaczyłem w południe. Przywitał się ze mną bardzo
serdecznie i powiedział, że na wakacje da mi konia i pozwoli
strzelać z wielkiego pistoletu. A potem dodał:
- Pójdźże zaraz do pałacu i przywitaj się z panią hrabiną, chociaż...
W tym miejscu machnął ręką.
- Cóż się stało, proszę ojca?... - spytałem jak dorosły człowiek i
ażem się zląkł swojej odwagi.

Nadspodziewanie ojciec odpowiedział bez gniewu, z odcieniem
goryczy:
- Ona już teraz nie potrzebuje starego plenipotenta. Niedługo
będzie tu nowy pan, a ten i sam potrafi...
Przerwał i odwróciwszy się mruknął przez zęby:
- Przegrać w karty majątek...
Zacząłem domyślać się, że przez czas mojej nieobecności zaszły tu
wielkie zmiany. Swoją drogą poszedłem na przywitanie do
dziedziczki. Przyjęła mnie łaskawie, a ja dostrzegłem, że jej
smutne oczy mają dziś całkiem inny wyraz.

Wracając spotkałem na dziedzińcu ojca i powiedziałem, że pani
hrabina jest taka wesoła jak nigdy. Kręci się, klaszcze w ręce,
zupełnie jak jej pokojówki.
- Bah! każda baba przed weselem ma dobry humor... - odparł
ojciec jakby sam do siebie.

W tej chwili przed pałac zajechał lekki powozik, a z niego
wyskoczył wysoki mężczyzna z czarną brodą i oczyma jak
płomienie. Zdaje się, że pani hrabina wybiegła na ganek, bom
zobaczył, jak przez drzwi wyciągnęła do niego obie ręce.
Ojciec szedł przede mną, śmiał się cicho i mruczał:
- Ha! ha!... Wszystkie baby powariowały!... Pani wzdycha za
elegantem, a guwernantka za pisarzem... Dla Salusi zostałem ja
albo proboszcz... Ha! ha!...

Miałem dwunasty rok i jużem wiele słyszał o miłości. Ten kolega,
który golił wąsy i siedział trzy lata w pierwszej klasie, nieraz
mówił nam o swoich uczuciach dla pewnej panienki, którą po parę
razy na dzień widywał na ulicy albo w lufciku. Zresztą sam
czytałem kilka bardzo pięknych romansów i dobrze pamiętam, ile
umartwienia kosztowali mnie ich bohaterowie.

Z tego powodu półsłówka ojca wywarły na mnie przykre
wrażenie. Uczułem sympatią dla naszej dziedziczki, a nawet dla
guwernantki, obok niechęci do brodatego pana i do pisarza. Nigdy

bym tego głośno nie powiedział (nie śmiałbym nawet wyraźnie pomyśleć, lecz zdawało mi się, że i nasza pani, i guwernantka zrobiłyby daleko stosowniej, gdyby wzdychały za mną.

W ciągu kilku następnych dni obiegłem wieś, park, stajnie, jeździłem konno, pływałem czółnem, lecz- wnet spostrzegłem, że mi zaczyna być nudno. Wprawdzie ojciec coraz częściej rozmawiał ze mną jak z dorosłym człowiekiem, pan gorzelany zapraszał mnie na starkę, a pisarz prowentowy narzucał mi się z przyjaźnią i nawet obiecywał opowiedzieć cierpienia, jakich doświadcza z powodu guwernantki, ale - mnie to nie bawiło. I starkę pana gorzelanego, i zwierzenia pisarza oddałbym za jednego dobrego kolegę. Lecz gdym w myśli wybierał między tymi, którzy razem ze mną ukończyli pierwszą klasę, przekonywałem się, że żaden nie przystałby do moich dzisiejszych usposobień.

Niekiedy z głębi mojej duszy wynurzał się smutny cień zmarłego Józia i opowiadał mi rzeczy nieznane, głosem cichszym aniżeli powiew letniego wiatru. Wtedy ogarniała mnie jakaś rzewność i tęskniłem, ale sam nie wiem do czego... Gdy raz, pod wpływem takich przywidzeń, wałęsałem się po zarastających trawą ścieżkach parku, zabiegła mi niespodzianie drogę siostra Zosia i zapytała:

- Dlaczego ty się z nami nie bawisz? Zrobiło mi się gorąco.
- Z kim?...
- A ze mną i z Lonią.

Pozostanie wieczną zagadką, dlaczego w tej chwili imię Loni pomieszało mi się z widziadłem Józia i dlaczegom się zaczerwienił tak, że mnie twarz piekła i pot wystąpił na czoło.

- Cóż to?... nie chcesz się z nami bawić? - pytała zdziwiona siostra.
- Na Wielkanoc był tu jeden uczeń z trzeciej klasy i wcale się tak nie pysznił jak ty. Po całych dniach chodził z nami.

I znowu bez powodu uczułem nienawiść do owego trzecioklasisty, któregom nigdy nie widział. Wreszcie odpowiedziałem Zosi tonem opryskliwym, choć w sercu nie miałem do niej urazy:

- Ja nie znam tej Loni.
- Jakże nie znasz? Czy nie pamiętasz, jak za nią wybiła cię tamta guwernantka? A czyś zapomniał, jak Lonia płakała za tobą i prosiła, żeby ci nic złego nie robili, kiedy spaliła się ta... obórka?...

Naturalnie, żem wszystko pamiętał, a najlepiej samą Lonię; muszę jednak wyznać, że mnemoniczne zdolności siostry rozgniewały mnie. Wydało mi się rzeczą nieodpowiednią godności mego munduru, że ludzie na wsi, a osobliwie podrastające dziewczynki, mają tak dobrą pamięć.

Pod wpływem tych uczuć odparłem jak brutal:

- Eh, daj mi spokój... i z sobą, i z twoją Lonią... I poszedłem w głąb parku, zarówno niekontent z niewczesnych wspomnień siostry, jak i z tego, że nie bawię się z dziewczynkami. Sam zresztą nie wiem, czegom chciał, ale byłem taki zły, że kiedyśmy się zeszli z Zosią w domu, nie chciałem z nią rozmawiać.

Zasmucona siostra starała się schodzić mi z oczu, ale wtedy ja jej szukałem czując, że mi czegoś brak, że kwestią wspólnej zabawy postawiłem zupełnie fałszywie. Więc dla poprawienia sytuacji, gdy strapiona Zosia wzięła się do cerowania, ja schwyciłem pierwszą z brzegu książkę i po kilkuminutowym przewracaniu kartek rzuciłem ją na stół mówiąc niby sam do siebie:

- Wszystkie dziewczęta są głupie!...

Zdawało mi się, że aforyzm ten będzie bardzo mądry. Ledwiem go jednak skończył, uczułem, że jest w nim coś niesmacznego. Zrobiło mi się żal siostry, wstyd... Nie mówiąc już nic, pocałowałem Zosię w oba policzki i poszedłem do lasu.

Boże! jakim był tego dnia nieszczęśliwy... Był to przecie dopiero początek moich cierpień.

Nie chcę nic ukrywać. Przez całą noc śniła mi się Lonia, i odtąd zamiast biednego garbuska jej cień widywałem w przywidzeniach. Zdawało mi się, że ona jedna mogłaby być tym przyjacielem, którego mi od tak dawna potrzeba. W marzeniach przemawiałem do niej tak długo i tak pięknie, jak piszą w romansach, a byłem taki grzeczny jak pewien margrabia. W rzeczywistości zaś nie umiałem zdobyć się nawet na to, ażeby pójść do parku, gdy w nim bawiły się dziewczynki, których wesołym śmiechom przeplatanym upomnieniami guwernantki przysłuchiwałem się zza parkanu.

Dobrze pamiętam to miejsce, gdzie wyrzucano śmiecie z pałacu, a rosły wysokie pokrzywy i łopian. Wystawałem tam całe kwadranse po to, żeby uchwycić kilka niewyraźnych frazesów, łoskot bucików na ścieżce i zobaczyć migającą sukienkę Loni, gdy skakała przez sznur.

Za chwilę wszystko milkło w parku i wtedym czuł piekący żar słońca, i słyszałem nieskończony brzęk much unoszących się nad śmietniskiem. Potem znowu dolatywały mnie odgłosy śmiechów i gonitwy, przed szczeliną w parkanie migały sukienki, a potem znowu górował szmer drzew, świergot ptaków, gorąco, i natrętne muchy właziły mi prawie w usta.

Nagle rozległ się głos od pałacu:

- Lonia!... Zosia!... proszę do pokoju...

To guwernantka. Znienawidziłbym ją, gdyby mi nie było wiadomo, że jej także smutno.

Podczas jednej z wycieczek pod parkan przekonałem się, że nie jestem sam. Z pagórka zobaczyłem między zielonym gąszczem łopianu szary ze starości kapelusz słomiany, przez wierzch którego widać było jasnopłową czuprynę, bo kapelusz nie miał dna.

Gdym postąpił kilka kroków w tamtą stronę, czupryna i kapelusz podniosły się nad łopian i ukazał się siedmio- a może ośmioletni chłopiec w długiej, ale brudnej koszuli, zaścięgniętej pod szyję na sznurek. Przemówiłem do niego, ale chłopiec zerwał się i uciekł, szybko jak zając, w stronę pola. Czerwony kołnierz mego munduru i posrebrzane guziki robiły w ogóle silne wrażenie na wiejskich dzieciach.

Z wolna odszedłem w stronę folwarku, a w miarę tego chłopiec zbliżał się do parkanu. Gdym się ukrył za budynkiem, on wlazł na śmietnik i przyłożył oko do tej samej szczeliny, przez którą ja zaglądałem w ogród. Wątpię bardzo, ażeby co widział, ale wciąż patrzył.

Gdy na drugi dzień przyszedłem na stanowisko, ażeby śledzić zabawę panienek, znowum spostrzegł między łopianem szary kapelusz, nad nim jasnopłową czuprynę, a pod oberwanym skrzydłem parę wlepionych we mnie oczu. Słońce bardzo piekło, więc chłopak po cichu urwał duży liść i zasłonił się nim jak parasolką. Wtedym już nie widział ani jego kapelusza, ani czupryny, tylko szarą koszulę nieco rozchyloną na piersiach.

Gdym odszedł, chłopiec znowu wbiegł na śmietnik i znowu, jak wczoraj, przyłożył oko do szczeliny myśląc zapewne, że choć tym razem nie wypatrzyłem z parku wszystkich ciekawości, jakie tam były.

W tej chwili zrozumiałem śmieszność swoich postępków. Dopieroż bym miał, gdyby tak ojciec albo pan gorzelany, albo nawet - sama Lonia zobaczyła, że ja, uczeń drugiej klasy, w mundurze, wystaję pod parkanem na śmieciach luzując się z jakimś kandydatem na pastucha, który nie wiem, czy nosił kiedy wypraną koszulę.

Wstyd mnie ogarnął. Alboż ja nie mam prawa wchodzić jawnie do ogrodu, nie fryjąc się po kątach jak ten w oberwanym kapeluszu?...

Śmietnik i szczelina w parkanie obmierzły mi, ale zarazem obudziła się ciekawość: co za jeden jest ten chłopiec? Dzieci w jego wieku już pasą gęsi, a on najpiękniejszą młodość marnuje wałęsając się za folwarkiem, podgląda cudze interesa, a spytany, zamiast przyzwoicie odpowiadać, ucieka jak królik przed obcym. "Czekaj - pomyślałem - już mnie tu nie zobaczysz, ale za to ja wyśledzę, coś ty za jeden."

Pamiętałem, że w romansach, obok bohaterów i bohaterek, bywają tacy zagadkowi nieznajomi, przed którymi trzeba się mieć na baczności i w porę ubezwładniać ich intrygi. W parę dni, nie zapytując nikogo, dowiedziałem się wszystkiego o tajemniczym nieznajomym. To nie był intrygant. To był Walek, syn dworskiej pomywaczki, którego wszyscy znali, lecz nikt się nim nie zajmował. Dlatego chłopiec miał dużo swobodnego czasu i jakem sam doświadczył, używał go w sposób niekoniecznie przyjemny dla innych.

Walek nigdy nie miał ojca, za co wszyscy dokuczali jego matce, kobiecie nieco popędliwej. Na przycinki służby pomywaczka odpowiadała krzykiem i wymysłami, a że jej to widać nie wystarczało, więc resztę - odbijała na Walku.

Jeszcze chłopiec pełzał na czworakach i miał koszulę zebraną w węzeł na karku (co robiło taki efekt, jakby jej wcale nie posiadał), a jaz nazywano go znajdą.

- Tyś go znalazł?... - zapytywała wtedy matka i krzyczała dalej:
- Ażeby was Bóg skarał za moją krzywdę!... Ażeby wam ręce i nogi!... Ażebyś ty sczezł, psiawiaro!...

Ostatnie życzenie odnosiło się do Walka, który bezpośrednio potem otrzymywał kopnięcie nogą poniżej owego węzła z koszuli. Dzieciak, dopóki był głupi, odpowiadał na taki poczęstunek rzewnym płaczem. Ale gdy nabrał rozumu, co nastąpiło dość prędko, wówczas milczał jak trusia i włazł pod tapczan, za wielki szaflik, w którym świniom jeść dawano. Widocznie nie chciał być oblany ukropem, jak mu się to raz zdarzyło.

Bywało i tak, że Walek przesiadywał pod tapczanem całe godziny, dopóki nie zeszli się ludzie na obiad albo na wieczerzę. Czasem, widząc głowę dziecka wytkniętą spod tapczanu i jego oczy, w których błyszczały łzy niedawnego bólu i - ciekawość do klusków, pytali parobcy matki:
- A temu nie dacie, coście go zdybali w kartoflach?
- Bodaj on z tobą gryzł ziemię - odpowiadała rozdrażniona kobieta i choć poprzednio miała zamiar nakarmić Walka, teraz nie dała mu jeść.
- Przecież tak nie można, żeby chłopak, choć znajda, zdychał z

głodu - reflektowały ją inne baby.
- Właśnie, że zdechnie na przekór wam, kiedy tak wydziwiacie!...
A ponieważ siedziała trochę tyłem do tapczanu, na konewce, więc Walek dostał piętą w zęby.
Wtedy parobcy na złość matce wydobywali go z ukrycia i karmili.
- No, Walek - mówił jeden - pocałuj Burka w ogon, to dostaniesz klusków.
Chłopiec punktualnie spełniał rozkaz, a za to łykał wielkie kluski nawet ich nie gryząc.
- No, a teraz daj matce w łeb, to dostaniesz mleka...
- O, bodajże wam ręce pokrzywiło! - wołała pomywaczka, a chłopiec - umykał za swój szaflik.
Czasem zziajany, strwożony, biegł pędem na dziedziniec i krył się w gęstych krzakach naprzeciw pałacu. A gdy mu łzy obeschły, widział na ganku piękny stoliczek, przy nim dwa krzesełka, a na nich Lonię i moją siostrę, którym pokojówka wiązała serwetki pod brodą, Salusia nalewała zupę, a pani hrabina mówiła:
- Dmuchajcie, dzieci, nie poparzcie się, nie powalając... A może niesłodkie?...
Skoro parobcy odeszli do roboty i w kuchni nie było nikogo, pomywaczka wychodziła na podwórze i wołała:
- Walek!... Walek... Chodź ino tu...
Ze sposobu wołania chłopiec poznawał, że może wyjść, i biegł w stronę kuchni. Tam dostawał od matki kawał chleba, drewnianą łyżkę i trochę barszczu w ogromnej donicy, z której jadło sześć osób. Siadał na ziemi, matka stawiała mu donicę między nogi i poprawiwszy koszulę na plecach, rzekła:
- A jak kiedy pocałujesz psa w ogon, to ci wszystkie gnaty porachuję. Pamiętaj se!
Potem odchodziła zmywać statki.
Wnet jak spod ziemi wyłaził skądsiś pies podwórzowy i siadał naprzeciw chłopca. Z początku kłapał zębami na muchy, ziewał, oblizywał się. Potem powąchał barszczu raz i drugi i - ostrożnie zanurzył w nim język. Walek go pęc! łyżka w łeb. Pies cofnął się, znowu ziewnął i - znowu chlapnął parę łyków trochę śmielej. Potem już mógł go chłopiec opukiwać po łbie łyżką, jak chciał, bo pies nabrawszy apetytu za żadne skarby nie wyjąłby pyska z donicy. Lecz i Walek zmiarkował, że ten będzie lepszy, kto pierwej zje, i jadł, aż się zadyszał, z jednego brzegu, a pies chlapał sobie z drugiego.
Jeżeli matka miała dobry humor, a Walek był pod ręką, wówczas

dostawały mu się przysmaki z dworskiego stołu.

- Naści, pobaw się - mówiła pomywaczka dając mu okruchy ciastek, talerz powalany sosem, rybi łeb, nie ogryzione skrzydełko albo szklankę, na dnie której znajdowała się odrobina kawy i reszta nie rozpuszczonego cukru. Gdy wszystko wyssał ze szklanki albo do czysta wylizał talerz, zapytywała go matka:
- A co - dobre?...
Walek brał się pod boki, jak to robili parobcy po obiedzie, głęboko oddychał i przesunąwszy na bakier swój stary kapelusz odpowiadał:
- Podjadł se człowiek. Bogu dziękować!... Trza iść do roboty...
Opuszczał kuchnią i szedł gdzieś na całe pół dnia. Swoje zabawy stosował do tego, co robili starsi. W czasie orki wydobywał zza koryta batożek, ujmował w rękę pierwszy lepszy kolek w płocie albo korzeń wywróconego drzewa i - orał całymi godzinami, naturalnie kiwając się w miejscu i wołając:
- Byś,ksy!ksy!...
Jeśli łapano ryby, wyszukiwał między śmieciami dziurawego sitka i z niezmordowaną cierpliwością zanurzał je w wodę. To znów siadał na kiju i jechał poić konie do studni. Raz znalazłszy koło owczarni stare łapcie z lipowego łyka, rzucał je na, wodę i niby to pływał czółnem - naturalnie w myśli.

Słowem - bawił się doskonale, tylko nigdy się nie śmiał. Do jego dziecinnej twarzy przypił się wyraz niewzruszonej powagi, którą czasami tylko strach luzował. W dużych oczach siedziało wieczne zdumienie jak u ludzi, którzy przez długie lata patrzyli na niesłychane rzeczy.

Walek umiał zręcznie wymykać się z domu na całe dnie. I nie dziwiło to parobków, jeżeli jakiego ranka znajdowali go w stogu albo w lesie pod drzewem. Umiał też na środku pola wystawać długie chwile bez ruchu jak szary słupek i z otwartymi ustami patrzeć nie wiadomo na co. Wyśledziłem go raz w takiej pozycji, a będąc dość blisko słyszałem, jak westchnął. Nie wiem dlaczego, westchnienie tak małej figurki przeraziło mnie. Uczułem jakiś żal, nie wiadomo do kogo, i w tej chwili polubiłem Walka. Ale gdym postąpił ku niemu parę kroków nieco śmielej, chłopiec ocknął się i uciekł w krzaki z niepojętą zwinnością.

Wtedy zrodziła mi się w głowie myśl szczególna, że Bóg, który wciąż patrzy na takie dziecko, musi mieć duszę smutną.
Zrozumiałem też, dlaczego na świętych obrazach jest zawsze poważny i dlaczego w kościele trzeba cicho rozmawiać i chodzić

na palcach.

Taki to niepozorny człowieczek sprawił, że zamiast kryć się za parkanami postanowiłem wybrać się do parku oświadczywszy pierwej Zosi, że odtąd będę się bawił - z nią i z Lonią.

Naturalnie siostrę zachwycił ten projekt.

- Bądźże w parku wtedy - mówiła - kiedy obie wyjdziemy na spacer. Przywitaj się także z guwernantką, która zawsze czyta książki w altanie; ale nie rozmawiaj z nią długo, bo ona nie lubi, ażeby jej przeszkadzać. A potem zobaczysz, jak nam będzie wesoło!

Tego samego dnia, przy obiedzie, rzekła do mnie z mmą tajemniczą:

- Przyjdź o trzeciej; powiedziałam już Loni, że będziesz. Jak wyjdziemy z pałacu, zakaszlę...

Siostra wzięła się do jakiejś roboty, a ja, naturalnie, wyszedłem, bo co prawda, nigdym nie lubił zabierać miejsca w pokoju. Już byłem na dziedzińcu, kiedy wybiegła za mną Zosia.

- Kaziu! Kaziu!...
- Cóż tam?...
- Kiedy zakaszlę, będziesz wiedział, co to znaczy?... - rzekła uroczyście.
- Rozumie się.

Wróciła do pokoju, lecz jeszcze zawołała do mnie przez okno:

- Ja zakaszlę... Pamiętaj!

I gdzieżem miał pójść, jeżeli nie do parku, choć do umówionej chwili brakowało tęgie półtorej godziny? Byłem tak zamyślony, że nie wiem, czy tego dnia śpiewał jaki ptak w ogrodzie, zazwyczaj bardzo ożywionym. Obiegłem go parę razy wkoło, a następnie siadłem w czółno, przywiązane do brzegu, i nie mogąc pływać, przynajmniej kołysałem się w nim z nudów.

Układałem sobie plan odświeżenia znajomości z Lonią. Miało się to odbyć w następujący sposób. Gdy Zosia zakaszle, ja z bocznej ścieżki wyjdę ze spuszczoną głową w główną aleją. Wtedy Zosia powie:

"Patrz, Loniu, to mój brat, pan Kazimierz Leśniewski, uczeń klasy drugiej, przyjaciel tego nieszczęśliwego Józia, o którym ci tyle mówiłam."

Lonia wtedy zrobi dyg, a ja, zdjąwszy czapkę, powiem: „Dawno już miałem zamiar..." Nie, tak źle!... "Dawno już pragnąłem odnowić z panią..." O, nie!... Lepiej będzie tak: "Dawno już pragnąłem złożyć pani moje uszanowanie."

Wtedy Lonia spyta się:

"Pan dawno bawi w naszych stronach?..." Nie, ona nie powie tak, ale tak: "Przyjemnie mi poznać pana, o którym tyle słyszałam od Zosi." A potem co?... Potem - to: "Czy nie przykrzy się panu w naszej okolicy?... pan przywykł do wielkiego miasta." A ja odpowiem: "Przykrzyło mi się, dopókim nie miał towarzystwa pani..."

W tej chwili pod powierzchnią wody mignął szczupak mający z pół łokcia... Wobec podobnej rzeczywistości pierzchnęły marzenia. Tu, w sadzawce, są takie ryby, a ja - nie mam wędki!...

Zerwałem się z czółna chcąc zobaczyć, czy w domu są haczyki, i - o mały włos - nie potrąciłem Loni, która właśnie zabierała się do skakania przez czerwony sznurek.

Ryby, haczyki, plan zawarcia uroczystej znajomości - wszystko od razu pomieszało mi się w głowie. Oto - szczupak!... Nawet zapomniałem ukłonić się Loni, gorzej jeszcze - bom zapomniał mówić. Ale co za szczupak!...

Lonia, śliczna szatyneczka, z wyraźnie zarysowanymi ustami, które co chwilę układały się w inny sposób, spojrzała na mnie z góry i odrzuciwszy w tył bujne loki zapytała bez wstępu:

- Czy to prawda, że kawaler przedziurawił nam czółno?

- Ja?...

- Tak mi powiedział ogrodnik, a teraz mama nie pozwala nam pływać i kazała czółno przywiązać do brzegu, a wiosła pochować.

- Ależ jak ojca kocham, tak nie przedziurawiłem czółna! -domaczyłem się jak przed inspektorem.

- Czy tylko z pewnością? - pytała Lonia, bystro patrząc mi. w oczy.

- Bo to do kawalera bardzo podobne...

Ton panienki nie podobał mi się. Do licha! najmocniejszy kolega nie przemówiłby do mnie w taki sposób.

- Kiedy ja mówię, że nie, to już jest z pewnością!... - odpowiedziałem, silnie akcentując odpowiednie wyrazy.

- W takim razie ogrodnik powiedział nieprawdę - rzekła Lonia marszcząc brwi.

- Dobrze zrobił - odparłem - bo młode panny flie umieją pływać czółnem.

- A kawaler umie pływać?

- Ja umiem i czółnem, i rękami, a także na wznak i stojący.

- A kawaler będzie nas woził?

- Jeżeli mama pani pozwoli, to będę.

- Więc niech kawaler zobaczy, czy czółno nie jest dziurawe.

- Nie jest.
- A skądże się tam wzięła woda?
- Z deszczu.
- Z deszczu?

Rozmowa urwała się. Tyłem jednak zyskał, żem śmiało patrzył na Łonie, a ona, o ile dziś mi się ta rzecz przedstawia, nic sobie ze mnie nie robiła. Owszem, nie ruszając się z miejsca, zaczęła podskakiwać przez sznur, w odstępach rozmawiając ze mną.

- Dlaczego kawaler nie bawił się z nami?
- Bom był zajęty.
- Cóż kawaler robi?
- Uczę się.
- Przecież na wakacjach nikt się nie uczy.
- W naszej klasie trzeba się uczyć nawet przez wakacje. Lonia przeskoczyła sznur dwa razy i rzekła:
- Adaś jest w czwartej klasie, a jednak przez święta nie uczył się. Ach, prawda!... kawaler nie zna Adasia.
- Któż to pani powiedział, że nie znam? - zapytałem z dumą.
- Bo kawaler był w pierwszej klasie, a on w trzeciej... Znowu dwa skoki przez sznur... Myślałem, że mi się stanie coś dziwnego.
- Ze mną wdawała się nawet czwarta klasa - odparłem podrażniony.
- Wszystko jedno, bo Adaś chodzi do szkół w Warszawie, a kawaler... Gdzie to kawaler chodzi do szkół?... Gdzie?...
- W Siedlcach - ledwiem odrzekł zdławionym głosem.
- A ja pojadę także do Warszawy - objaśniła Lonia i dodała:
- Może kawaler powie Zosi, że już tu jestem...

I nie czekając na moją zgodę lub odmowę, pobiegła ku altance wciąż skacząc.

Byłem odurzony; nie mogło mi się w głowie pomieścić, jak mnie ta dziewczyna traktuje.

"A dajcie mi spokój z waszą zabawą - pomyślałem naprawdę rozgniewany. - Lonia to niegrzeczna, niedelikatna, to - smarkacz!..."

Powyższe jednak uwagi nie przeszkodziły mi spełnić natychmiast jej rozkazu. Poszedłem do domu bardzo prędko, może nawet za prędko, zapewne skutkiem wewnętrznego wzburzenia.

Zosia brała już parasolkę, aby iść do ogrodu.

- No, wiesz - rzekłem rzucając czapkę w kąt - poznałem się z Lonia.
- I cóż?... - spytała siostra ciekawie.
- Nic... tak sobie!... - odparłem nie patrząc jej w oczy.

- Prawda, jaka ona dobra, jaka ładna?. -.
- Ach, nic mnie to nie obchodzi. Właśnie prosi cię, żebyś tam przyszła.
- A ty nie pójdziesz?
- Nie.
- Dlaczego? - spytała Zosia zaglądając mi w oczy.
- Dajże mi spokój!... - odburknąłem. - Nie pójdę, bo mi się nie podoba...
Musiało być coś bardzo stanowczego w moim głosie, skoro siostra, już nie zadając mi dalszych pytań, wyszła. Widząc, że prawie biegnie, zawołałem ją przez okno:
- Zosiu, tylko proszę cię, nic tam nie mów... Powiedz, żem... że trochę boli mnie głowa.
- No, no, nie bój się. Ja ci nie zaszkodzę.
- Pamiętaj, Zosiu, jeżeli mnie choć trochę kochasz. Naturalnie, żeśmy się bardzo serdecznie ucałowali. Trudno dziś odgrzebać w pamięci uczucia, jakie mnie szarpały po odejściu Zosi. Jak ta Lonia śmiała rozmawiać ze mną w podobny sposób?... Wprawdzie nauczyciele, a szczególniej inspektor, traktowali mnie dość familiarnie, no - ale to starzy ludzie. Lecz między kolegami w pierwszej (obecnie już w drugiej klasie) cieszyłem się poważaniem. A tu na wsi - proszę posłuchać, jak rozmawiał ze mną ojciec, jak mi się kłaniali parobcy, ile razy mówił pisarz: "Panie Kazimierzu, może pozwoli pan do mnie na fajeczkę?" Ja mu na to: "Dziękuję panu, nie chcę się przyzwyczajać." A on: "Jaki pan szczęśliwy, że pan ma taką moc nad sobą... Pan nie dałby się i guwernantce..."
Odpowiednio do postępowania starszych, ja także byłem poważny. Przecie sam ksiądz proboszcz mówił do ojca: "Patrzaj, mości dobrodzieju, panie Leśniewski, co to szkoła robi z chłopaka. Ten Kazio rok temu był wisus i pędziwiatr, a dziś, mości dobrodzieju, to statysta, to Metternich..."
Tak mnie sądzili ludzie... I trzeba wypadku, żeby jakaś koza, która ani jednej klasy nie widziała, ażeby ona śmiała mi powiedzieć, że - "to do kawalera bardzo podobne!..." Kawaler?... co mi za dorosła panna! Że zna jakiegoś Adasia, to już zadziera głowę. Cóż ten Adaś? Skończył trzecią klasę, a ja idę do drugiej. Wielka różnica! Jak będzie osioł, to go dogonię, a nawet przegonię. Jeszcze, w dodatku do wszystkiego, każe mi iść po Zosię, jakbym ja był jej lokajczukiem. Zobaczymy, czy cię drugi raz usłucham!... Słowo daję, że jeżeli kiedy odezwie się z czymś podobnym, to po prostu -

włożę ręce w kieszenie i odpowiem:
"Tylko proszę sobie tak nie pozwalać!" A nawet lepiej: "Moja Loniu, widzę, że nie nauczyłaś się grzeczności..." Albo nawet tak: "Moja Loniu, jeżeli chcesz, ażebym się z tobą wdawał..." Czułem, że mi nie przychodzi dobra odpowiedź, i to mnie coraz więcej drażniło. Musiałem się nawet zmienić na twarzy, bo nasza gospodyni, stara Wojciechowa, dwa razy wchodziła do pokoju patrząc na mnie spod oka, aż nareszcie odezwała się:

- O, dlaboga, a czego to Kazio taki markotny?... Czy co Kazio zwojował, czy może z panem co?...

- Nic mi nie jest.

- Już ja widzę, że nie, nic przede mną się nie zatai. Jakeś co zmalował, to od razu idź do ojca i przyznaj się.

- Ale nic nie zrobiłem. Trochem się zmęczył, i tyle.

- Jakeś się zmęczył, to se odpocznij i podjedz. Zaraz dam ci chleba z miodem.

Wyszła i za chwilę powróciła z ogromnym kawałem chleba, z którego miód aż kapał.

- Ale ja nie będę jadł, dajcie mi spokój!...

- Co nie masz jeść? Bierz, ino prędko, bo mi miód po palcach ucieka. Podjesz se, to się zaraz rozweselisz. Człowieka zawsze trapi, kiedy głodny, ale jak se podje, zaraz mu się w głowie przetrze... No, ino weź do garści!

Musiałem wziąć bojąc się, ażeby mi nie okapała miodem włosów albo munduru. Machinalnie zjadłem, i naprawdę zrobiło mi się trochę lżej w sercu. Pomyślałem, że jakoś dam sobie radę z Lonią i że warto by także biednego Walka poczęstować, bo on pewnie miód rzadko jadał, a zresztą - już go lubiłem.

Na moje żądanie Wojciechowa, widząc tak błogi skutek lekarstwa, ukroiła mi jeszcze większy kawałek chleba, nie żałując miodu. Ostrożnie zabrałem prowiant i wyszedłem szukać chłopca.

Znalazłem go nie opodal od kuchni. Rozmawiali z nim śmiejąc się dwaj parobcy, którzy przywieźli drzewo z lasu.

- Jak cię jeszcze raz matka zbije - mówił jeden - to zabierz się i idź w świat. Co, pójdziesz?...

- Kiej nie wiem jak - odparł Walek.

- Weź buty na kij i aby za las. Tam światu dosyć.

- Kiej butów nie mam.

- To weź sam kij. Z kijem i bez butów zajdziesz... Zobaczywszy mnie chłopiec uciekł w stronę łopianu.

- Co wy mu tak mówicie? - zapytałem parobków.

- Nic, kpinkujemy se z niego. Zwyczajnie jak z głupiego. Czując, że miód zaczyna mi walać palce, nie wdawałem się z nimi w dalszą rozmowę, lecz poszedłem za Wałkiem. Stał między zielskiem i patrzył na mnie.

- Walku! - zawołałem - masz tu chleb z miodem. Nie ruszył się.

- No, chodźże... - i postąpiłem parę kroków. Chłopiec zaczął uciekać.

- Och! jakiś ty głupi... No, masz chleb, kładę ci go ot tu... Położyłem na kamieniu i odszedłem. Ale dopiero gdym się skrył za węgłem kuchni, chłopiec zbliżył się do kamienia, począł ostrożnie chleb oglądać i nareszcie - zjadł go, o ile mi się zdaje, z apetytem. W godzinę później idąc w stronę lasu spostrzegłem, że chłopiec drepcze za mną w pewnej odległości. Zatrzymałem się i on stanął. Gdym zawrócił do domu, odskoczył na bok i skrył się w krzakach. Ale po malej chwili znowu biegł za mną.

Tego dnia dałem mu drugi raz chleba. Wziął go z ręki, lecz jeszcze z obawą, i zaraz uciekł. Wszelako od tej pory począł chodzić za mną, zawsze w pewnej odległości.

Od rana krążył pod naszymi oknami jak ptak, któremu przyjacielska ręka sypie ziarno. Wieczorem siadał pod kuchnią i patrzył na naszą oficynę. Dopiero gdy światło zgasło, szedł spać na płachtę za piec, gdzie mu świerkały nad głową świerszcze.

W kilka dni po pierwszym spotkaniu z Lonią, ulegając namowom Zosi, poszedłem z nią do parku.

- Wiesz - zapewniała mnie siostra - że Lonią bardzo tobą zajęta. Ciągle mówi o tobie, gniewa się, żeś wtedy nie wrócił, i wypytuje, kiedy przyjdziesz.

Cóż dziwnego, żem uległ, tym bardziej że mnie samego coś ciągnęło do Loni. Zdawało mi się, iż wtedy dopiero skończą się moje tęsknoty wywołane śmiercią Józia, gdy zacznę chodzić z Lonią pod rękę i prowadzić z nią poważne rozmowy. O czym mianowicie? - nie wiem do dziś dnia. Czułem tylko, że chcę pięknie mówić, dużo mówić i - mieć jedynego słuchacza w Loni.

Na myśl o przechadzkach we dwoje coś grało mi w piersiach jak arfy, migotało jak słońce w kroplach rosy. Ale rzeczywistość nie zawsze odpowiada marzeniom. Toteż gdy prowadzony przez siostrę, spotkałem znowu Łonię, odezwałem się do niej z zamiarem rozpoczęcia owych idealnych rozmów:

- Czy pani lubi łapać ryby?

W tej chwili dziewczęta wzięły się pod ręce, zaczęły szeptać, biegać po alei i śmiać się jak szalone. Osłupiałem obracając w palcach wędkę, dla zrobienia której malom nie dostał kopytem od siwego konia za to, żem mu wyrywał z ogona włosień.

Już zabierałem się do odejścia obrażony, gdy wróciły dziewczęta, a Zosia rzekła:

- Lonia prosi cię, żebyście mówili sobie po imieniu. Ukłoniłem się milcząc z zakłopotania, a one znowu w śmiech i pobiegły w stronę sadzawki.

- Wie kawaler... - zaczęła Lonia, lecz wnet poprawiła się:
- Wiesz, Zosiu, że mama stanowczo nie pozwala nam pływać czółnem. Powiedziałam, że nas będzie woził twój brat, ale mama... Wyszeptała Zosi jakiś długi frazes do ucha; ja jednak od razu zgadłem, o co chodzi. Pewnie mama boi się, ażebym nie potopił dziewcząt, ja, taki pływak i uczeń drugiej klasy!...

Byłem zawstydzony. Spostrzegła to Lorda i nagle rzekła:
- Niech kawaler... Znowu poprawiła się:
- Poproś, Zosiu, brata, ażeby nam urwał lilii wodnych. One takie ładne, a ja ich nigdy nie miałam w ręku.

Duch we mnie wstąpił. Przynajmniej teraz pokażę, co umiem. Dużo lilii rosło na sadzawce, ale nie przy brzegu, tylko trochę dalej. Ułamałem pręt i wszedłem na huśtające się czółno.

Lilie mają jakby sprężyste łodygi. Zaczepione prętem zbliżały się, lecz wnet odpływały. Ułamałem kij dłuższy, zakończony rodzajem haczyka. Tym razem udało mi się lepiej. Mocno pochwycona lilia przypłynęła tuż, tuż... Wyciągam lewą rękę, jeszcze za daleko. Klękam na dziobie łódki, wychylam się i już mam zerwać kwiat, gdy nagle - padam na wodę jak długi, pręt wymyka mi się z ręki, a lilia nowu odpływa.

Panny w krzyk... Ja wołam: "To nic! to nic! tu płytko!..." Wylewam wodę z czapki, kładę ją na głowę i brodząc po pas w sadzawce, a po kolana w błocie, zrywam jedną lilią, drugą, trzecią, czwartą...
- Kaziu! na miłość boską, wracaj!... - woła z płaczem siostra.
- Dosyć, już dosyć!... - wtóruje jej Lonia.

Ja nie słucham. Rwę piątą, szóstą i dziesiątą lilię, a potem liście. Wyszedłem z sadzawki zmoczony od stóp do głów, zabłocony powyżej kolan i na rękawach. Na brzegu Zosia płacze, Lonia nie chce brać kwiatów, a za nimi kryje się żółty ze strachu - Walek... Widzę, że Lonia ma także łzy w oczach, lecz nagle zaczyna się śmiać:
- Patrz, Zosiu, jak on wygląda!...
- Boże! co powie tatko?... - woła Zosia. - Mój Kaziu, umyjże sobie przynajmniej twarz, boś cały zamazany.

Machinalnie dotykam nosa zabłoconą ręką. Lonia ze śmiechu aż siada na murawie. Zosia także śmieje się ocierając oczy, a nawet Walek otwiera usta i wydaje głos podobny do beczenia.

Teraz jego spostrzegają dziewczynki.

- Co to jest? - pyta Zosia - skąd on się tu wziął?

- On tu przyszedł za twoim bratem - odpowiada Lonia. -Widziałam go, jak się skradał między krzakami.

- Boże! jaki on ma kapelusz!... Czego on chce od ciebie, Kaziu?... - mówi siostra.

- Chodzi za mną od kilku dni.

- Aha! to pewnie Kazio z nim się bawił, kiedy od nas uciekał... - odzywa się ironicznie Lonia. - Patrz, Zosiu, jak oni obaj wyglądają - jeden zalany wodą, a drugi nie umyty...Oj, zaśmieję się!...

To zestawienie z Wałkiem wcale mi się nie podobało.

- No, mój Kaziu, umyjże się i idź do domu przebrać się, a my pójdziemy tymczasem do altanki - rzekła Zosia podnosząc Łonie, która z nadmiaru uciechy była bliską spazmów.

Odeszły. Zostałem ja, Walek i - pęk lilii na trawie, których nikt nie podniósł.

"Takaż to nagroda za moje poświęcenie?" - pomyślałem z goryczą, czując błoto w ustach. Zdjąłem czapkę. Strach, co się z niej zrobiło!... Podobna do ścierki, a daszek w jednym miejscu odłazi. Z munduru, z kamizelki, z koszuli strugami płynie woda. Pełno jej w butach, aż skwierczy, gdy się ruszę. Czuję, że z płótna robi się na mnie sukno, z sukna skóra, a ze skóry drewno. A tam, w stronie altanki, słyszę leszcze śmiech Loni, która moją przygodę opowiada guwernantce.

Za chwilę przyjdą tu. Chcę się umyć, lecz, nie dokończywszy, uciekam, bo już idą!... Już w alei widzę ich suknie, słyszę wydziwiania guwernantki. Przecięły mi drogę do domu, zawracam w inną stronę ku płotowi.

- Gdzież on jest? - zapytuje krzykliwie guwernantka.

- O tam, tam!... uciekają obaj - odpowiada Lonia. Teraz widzę, że Walek krok w krok biegnie za mną. Dopadam płotu, on za mną. Włażę na żerdzie, on także. I kiedy obaj, zwróceni twarzami do siebie, siedzimy na płocie jak na koniu, w krzakach ukazuje się Lonia, Zosia i guwernantka.

- Ach! i ten przyjaciel!... - krzyczy Lonia ze śmiechem. Zeskoczyłem z płotu i pędzę przez pole w stronę naszej oficyny, a Walek wciąż dotrzymuje mi towarzystwa. Widocznie bawi go ta obława, bo otwiera usta i wydaje głos beczący, który ma oznaczać zadowolenie.

Stanąłem - wściekły z gniewu.

- Mój kochany, czego ty chcesz ode mnie?... Czego się za mną włóczysz?... - rzekłem do chłopca. Walek zdumiał się.

- Idź sobie ode mnie, idź sobie precz!... - mówiłem zaciskając pięści. - Narobiłeś mi wstydu, wszyscy śmieją się ze mnie... Jeżeli mi jeszcze kiedy wleziesz w drogę, zbiję cię...

Powiedziawszy to odszedłem, a chłopiec został. Gdym oddalił się o kilkanaście kroków i odwróciłem głowę, zobaczyłem go w tym samym miejscu. Patrzył na mnie i głośno płakał.

Wpadłem do naszej kuchni jak upiór, a gdziekolwiek stąpiłem, zostawała struga wody. Na mój widok spłoszone kury z gdakaniem i rozpuszczonymi skrzydłami rzuciły się do okien, dziewuchy zaczęły się śmiać, a Wojciechowa uderzyła w ręce.

- Słowo stało się ciałem!... A tobie co?... - krzyknęła babina.

- Nie widzicie?... Wpadłem w sadzawkę, i basta!... Niech mi Wojciechowa da płócienne ubranie, buty, koszulę... Tylko prędzej.

- Zgryzota moja z tym Kaziem! - odpowiedziała Wejciecho-wa. - Do kitla pewno guziki nie przyszyte... Kaśka, rusz ino się, poszukaj butów!

Zaczęła mi rozpinać i zdejmować mundur przy pomocy drugiej dziewuchy. Poszło jako tako, ale z butami był ambaras. Ani w prawo, ani w lewo. Wreszcie zawołały do pomocy fornala.

Musiałem położyć się na tapczanie, Wojciechowa z dziewuchami trzymały mnie pod ramiona, a fornal ściągał buty. Myślałem, że mi nogi powykręca. Za to w pół godziny byłem już jak lalka -wytarty, przebrany i uczesany. Nadbiegła Zosia i przyszyła mi guziki do płóciennego uniformu. Wojciechowa zmoczoną odzież wykręciła, wyniosła na strych, i - cicho.

Ojciec jednak, wróciwszy do domu, wiedział już o wszystkim. Popatrzył na mnie drwiąco, pokiwał głową i rzekł:

- Oj, ty ośle, ośle!... Pójdź teraz do Loni, żeby ci sprawiła nowe majtki.

Wnet ukazał się pan gorzelany. I ten mnie obejrzał, naśmiał się, ale podsłuchałem, jak mówił do ojca w kancelarii:

- Żwawy chłopak! za dziewuchami wlezie w ogień... Tak jak my za młodych lat, panie Leśniewski.

Domyślałem się, że cały folwark wiedział o mojej uprzejmości dla Loni, i byłem bardzo zawstydzony.

Nad wieczorem przyszła dziedziczka, Lonia i guwernantka, a każda z nich, o dziwo! miała przy sukni - lilią wodną... Chciałem schować się pod ziemię, uciec, ale - zawołano mnie i stanąłem przed obliczem pań.

Uważałem, że guwernantka przypatruje mi się bardzo życzliwie. Zaś pani hrabina pogłaskała mnie po czerwonej twarzy i dała mi kilka cukierków.

- Mój chłopczyku - rzekła - bardzo pięknie, żeś taki grzeczny, ale proszę cię - nie woź nigdy panienek czółnem. Dobrze?...

Pocałowałem ją w rękę i coś mruknąłem.

- Ale i sam także nie pływaj. Przyrzekasz-mi?

- Nie będę pływał.

Potem zwróciła się do guwernantki i coś pogadała po francusku. Usłyszałem kilka razy powtórzony wyraz: **hero**. Na nieszczęście, usłyszał go i ojciec i odezwał się:

- Oj, ma pani hrabina racją. Herod, prawdziwy Herod!... Panie uśmiechnęły się, a po ich odejściu Zosia usiłowała wytłomaczyć ojcu, że hero pisze się héros, a po francusku nie znaczy Heroda, tylko bohatera.

- Bohater? - powtórzył ojciec. - On taki bohater, że zamoczył mundur i podarł majtki, a ja beknę Szulimowi ze dwadzieścia złotych. Niech diabli wezmą bohaterstwo, za które inni muszą płacić!

Prozaiczne poglądy ojca dużo mi sprawiły przykrości. Dziękowałem jednak Bogu, że się tylko na nich skończyło.

Odtąd widywałem się z Lonią nie tylko w parku, ale i w pałacu. Jadłem tam parę razy obiad, co napędziło mi dużo kłopotu, i prawie co dzień podwieczorek, na który dawano kawę albo poziomki, albo maliny z cukrem i ze śmietanką.

Często rozmawiałem ze starszymi paniami. Hrabina dziwiła się memu oczytaniu, które zawdzięczałem bibliotece garbuska, a guwernantka, panna Klementyna, po prostu zachwycała się mną. Tę ostatnią sympatią zawdzięczałem nie tyle mojej erudycji, ile rozmowom o pisarzu, o którym wiedziałem, gdzie pilnuje roboty i co myśli o pannie Klementynie. W końcu światła ta osoba zwierzyła mi się, iż wcale nie myśli wyjść za mąż za pisarza, lecz pragnęłaby tylko podnieść go - moralnie. Oświadczyła mi, że według jej pojęć rola kobiet w świecie polega na podnoszeniu mężczyzn i że ja sam, gdy urosnę, muszę spotkać w życiu taką kobietę, która mnie podniesie.

Wykłady te bardzo mi się podobały. Coraz też gorliwiej znosiłem pannie Klementynie wiadomości o pisarzu, a jemu o pannie Klementynie, za co pozyskałem życzliwość obojga.

O ile dziś sobie przypominam, w pałacu życie było osobliwe. Do hrabiny co kilka dni przyjeżdżał jej narzeczony, a panna Klementyna po parę razy na dzień odwiedzała te zakątki parku, z których mogła zobaczyć pisarza, a przynajmniej - jak mówiła -usłyszeć dźwięk jego głosu, zapewne wówczas, kiedy wymyślał parobkom. Ze swej strony panna służąca płakiwała kolejno w rozmaitych oknach za tymże pisarzem, a reszta fraucymeru, naśladując zwierzchność, dzieliła swe uczucia między lokaja, chłopca kredensowego, kucharza, kuchcika i stangreta. Nawet serce starej Salusi nie było wolne. Panowały w nim indyki, gąsiory, kaczory, koguty i kapłony tudzież ich różnopióre i różno-kształtne towarzyszki, w gronie których gospodyni całe dnie przepędzała.

Rzecz prosta, że w tak zajętym otoczeniu nam, dzieciom, schodził czas swobodnie. Bawiliśmy się od rana do wieczora i tylko wówczas widywaliśmy osoby starsze, gdy wołano nas na obiad, na podwieczorek albo na spoczynek.

Dzięki tej wolności moje stosunki z Lontą ułożyły się w sposób dość oryginalny. Ona mi mówiła przez parę dni "Kaziu", później "ty", posługiwała się mną, nawet krzyczała na mnie, a ja - wciąż nazywałem ją "panią", coraz rzadziej mówiłem, ale coraz częściej słuchałem. Niekiedy budziła się we mnie duma człowieka, który za rok może pójść do trzeciej klasy. Wtedy przeklinałem ową chwilę, kiedym to Lonię po raz pierwszy usłuchał idąc na jej rozkaz po siostrę. Mówiłem sobie:

"Cóż to ona myśli, że ja u niej jestem w służbie, jak mój ojciec u jej matki?..."

Tym sposobem buntowałem samego siebie, postanawiałem, że się to musi zmienić. Lecz na widok Loni całkiem opuszczała mnie odwaga, a jeżelim nawet i zdołał zatrzymać jakąś resztkę, 10 znowu Lonia wypowiadała swoje rozkazy z taką niecierpliwą prośbą, tak tupała nóżką, żem musiał wszystko zrobić. A kiedy raz, złapawszy wróbla, nie oddałem jej go natychmiast, zawołała:

- Nie chcesz, to nie!... Obejdę się bez twego wróbla... Była tak obrażona i taka ciekawa, żem łą począł zaklinać, ażeby wzięła wróbla. Ona nie i nie!... Ledwiem ją przebłagał, naturalnie przy pomocy Zosi, i jeszcze mimo to przez kilka dni musiałem słuchać żalów:

- Ja bym ci takiej przykrości nigdy w życiu nie zrobiła. Wiem teraz, jakiś ty stały! Pierwszego dnia skoczyłeś w wodę, ażeby mi lilii narwać, a już wczoraj nie chciałeś mi nawet pozwolić, żebym trochę pobawiła się z ptaszkiem. Wiem już wszystko... O! żaden

inny chłopiec nie postąpiłby ze mną w taki sposób.
A kiedy po wszelkich możliwych wyjaśnieniach prosiłem ją w końcu, ażeby się choć nie gniewała, odparła:
- Czy ja się gniewam?... Ty najlepiej wiesz, że się na dębie nie gniewam. Mnie tylko było przykro. Ale jak mi było przykro, tego sobie nikt nie wyobrazi... Niech ci powie Zosia, jak mi było przykro.
Wtedy Zosia, z uroczystą miną, wytlomaczyła mi, że Loni było bardzo, ale to bardzo przykro.
- Zresztą niech ci powie sama Lonia, jak jej było przykro -zakończyła moja kochana siostrzyczka.
Odsyłany od Annasza do Kaifasza po bliższe określenie stopnia owej przykrości, zupełnie straciłem głowę.
Stałem się maszyną, z którą panienki robiły, co im się tylko podobało, bo lada cień samodzielności z mojej strony wyrządzał przykrość albo Loni, albo Zosi, którą obie te panie odczuwały do spółki.
Gdyby biedny Józio wstał z grobu, nie poznałby mnie w tym cichym, posłusznym, zahukanym kawalerze, który wiecznie po coś chodził, coś nosił, czegoś szukał, o czymś nie wiedział, na czymś nie znał się i co kilka minut był strofowany. A gdyby to widzieli moi koledzy!...

DOKOŃCZENIE

Pewnego dnia panna Klementyna była bardziej zajęta niż zwykle. Pisarz bowiem miał jakiś dozór przy stajniach, o kilkanaście kroków od jej ulubionej altanki. Korzystając z tego wymknęliśmy się we troje za park, do tych krzaków, gdzie rosły jeżyny.
Strach, ile ich tam było! Co krok kępa, a na każdej gąszcz jeżyn czarnych i wielkich jak śliwki. Z początku zbieraliśmy je razem, zamieniając między sobą wykrzykniki podziwu i zadowolenia. Wkrótce jednak zamilkliśmy i rozeszliśmy się każde w swoją stronę. Nie wiem, jak tam dziewczęta, ale ja, utonąwszy wśród najgęstszych kęp, zapomniałem o świecie. Co to były za jeżyny!... Dziś nie ma nawet takich ananasów.
Zmęczony staniem - usiadłem, zmęczony siedzeniem - położyłem się na krzakach jak na sprężynowym fotelu. Było tu tak ciepło, tak miękko i obficie, że nie wiem, skąd pomyślałem, iż właśnie tak musiało być Adamowi w raju. Boże! Boże! dlaczego ja nie byłem Adamem? Do dziś dnia na przeklętym drzewie rosłyby jabłka, bo dla zerwania ich nie chciałoby mi się nawet ręki podnieść nad głowę...

Rozciągając się jak wąż pod ciepłym słońcem na giętkich krzakach, czułem nieopisane szczęście głównie z tego powodu, żem mógł zupełnie nie myśleć. Czasem przewracałem się na wznak, głową niżej niż reszta ciała. Poruszane wiatrem liście głaskały mnie po twarzy, a ja patrzyłem w ogromne niebo i z niezgłębionym zadowoleniem wyobrażałem sobie, że mnie -wcale nie ma. Lonia, Zosia, park, obiad, wreszcie szkoła i pan inspektor wydawały mi się snem, który niegdyś byt, ale już przeszedł, może sto lat temu, a może i tysiąc. Biedny Józio w niebie wciąż zapewne doświadcza tych uczuć. Jaki on szczęśliwy!...

W końcu już mi się i jeżyn odechciało. Czułem, jak łagodnie unoszą mnie krzaki, widziałem każdą chmurkę, z wolna sunącą się po błękicie, słyszałem szelest każdego liścia, alem sam nic nie myślał.

Nagle coś szarpnęło mnie. Zerwałem się na równe nogi nie pojmując, co się dzieje. Przez mgnienie było cicho jak i pierwej, lecz w tejże chwili usłyszałem plącz i krzyk Loni:

- Zosiu!... Panno Klementyno!... na pomoc!...

Jest coś strasznego w krzyku dziecka: "Na pomoc!..." Przemknęły mi przez głowę wyrazy: żmija! Tarnina chwytała mnie za odzież, oplątywała nogi, szarpała, odpychała, nie!... ona mocowała się ze mną, biła się ze mną jak żywy potwór, a tymczasem Lonia wołała: "Na pomoc!... Boże, mój Boże!..." - a ja rozumiałem tylko jedną rzecz, jasną jak słońce, że tu muszę dać pomoc albo sam zginąć.

Zmęczony, podrapany, a najbardziej - przerażony, przedarłem się w końcu do tego miejsca, gdziem słyszał płacz Loni.

Siedziała na krzaku drżąc i załamując ręce.

- Loniu!... co tobie?... - zawołałem do niej pierwszy raz po imieniu.

- Osa!... osa!...

- Osa?... - powtórzyłem rzucając się ku niej. - Ukąsiła cię?...

- Jeszcze nie, ale...

- Więc cóż...

- Chodzi po mnie...

- Gdzie?...

Z oczu jej płynęły łzy. Była bardzo zawstydzona, ale strach przemógł.

- Wlazła mi w pończoszkę... O, Boże... Boże, Zosiu!... Ukląkłem przed nią, alem jeszcze nie śmiał szukać osy.

- Więc wyjmij ją - rzekłem.

- Kiedy się boję. O, Boże!...

Drżała jak w febrze. Zdobyłem się na szczyt odwagi.

- Gdzie ona jest?
- Teraz chodzi mi po kolanie...
- Nie ma jej ani tu, ani tu.
- Już jest wyżej... Ach! Zosiu, Zosiu!...
- Ależ i tu jej nie ma... Lonia zasłoniła twarz rękoma.
- Musiała schować się w sukienkę... - rzekła płacząc jeszcze rzewniej.
- Jest!... - zawołałem. -To mucha...
- Gdzie?... Mucha?... - spytała Lonia. - Prawda, że mucha! Ach, jaka duża... Byłam pewna, że to osa. Myślałam, że umrę... Boże! jaka ja głupia.
Obtarła oczy i od razu zaczęła się śmiać.
- Zabić ją czy puścić? - spytałem Loni pokazując jej nieszczęsnego owada.
- Jak ci się podoba - odpowiedziała już zupełnie spokojnie.
Chciałem muchę zabić, ale - nie miałem serca. A ponieważ i skrzydła, i ona sama była bardzo zmięta, więc - ostrożnie położyłem ją na liściu.
Tymczasem Lonia przypatrywała mi się nader pilnie.
- Co tobie?... - nagle spytała.
- Nic - odpowiedziałem usiłując się roześmiać. Uczułem, że siły gwałtownie mnie opadają. Serce uderzało mi jak dzwon, zaczęło mi się ćmić w oczach, zimny pot wystąpił na całe ciało i klęcząc - zachwiałem się.
- Co tobie, Kaziu?...
- Nic... tylko myślałem, że ci się trafiło jakie nieszczęście... Gdyby mnie Lonia nie pochwyciła i nie oparła mi głowy na swych kolanach, byłbym rozbił nos o ziemię.
Jakaś ciepła fala uderzyła mi do głowy, usłyszałem szum w uszach i znowu głos Loni:
- Kaziu!... kochany Kaziu... co tobie?... Zosiu!... o Boże, on zemdlał... Cóż ja tu pocznę, nieszczęśliwa?...
Objęła mnie rękoma za głowę i zaczęła całować. Na całej twarzy czułem jej łzy. Było mi jej tak żal, żem zebrał resztę sił i z trudem dźwignąłem się.
- Nic mi nie jest!... nie bój się!... - zawołałem z głębi piersi.
Istotnie chwilowe osłabienie minęło tak prędko, jak przyszło. W uszach przestało szumieć, wzrok mi się wyjaśnił, podniosłem głowę z kolan Loni i patrząc jej w oczy śmiałem się.
Teraz i ona zaczęła się śmiać.
- Ach, ty niepoczciwy, ach , ty niedobry!... - mówiła - żeby mi

narobić takiego strachu. Jakże ty mogłeś zemdleć przez takie głupstwo?... Gdyby to nawet była osa, to by mnie przecież nie zjadła... I co ja bym robiła tu z tobą?... Ani wody, ani ludzi, Zosia gdzieś poszła, a ja sama musiałabym ratować takiego dużego chłopca. Wstydź się!

Naturalnie, żem się wstydził. Czy można ją było tak przestraszać?

- Cóż, jakże ci jest? - pytała Lonia. - Eh! już pewnie dobrze, boś nie taki blady. Pierwej byłeś blady jak płótno.

No - dodała po chwili - będę ja się mieć z pyszna, jak się mama o tym dowie!... Ach, Boże! boję się nawet wracać do domu...

- O czym mama się dowie? - spytałem.

- O wszystkim, a najgorzej o tej osie...

- Więc nie mów nikomu.

- Cóż z tego, że ja nie powiem... - rzekła odwracając głowę.

- Może myślisz, że ja powiem?... - odparłem. - Jak ojca kocham, tak nikomu ani słówka.

- A Zosi?... Ona jest dobra do sekretu.

- Ani Zosi. Nikomu.

- Choć i bez tego wszyscy się dowiedzą. Ty jesteś taki podrapany, potargany... Ale, czekaj no!... - dodała po chwili i obtarła mi twarz chustką. - Boże! czy ty wiesz, że ja ciebie nawet pocałowałam ze strachu, bom już nie wiedziała, co robić. Żeby się kto o tym dowiedział, spaliłabym się ze wstydu, choć naprawdę -z osą byłby także kłopot. Ach! co ja mam zmartwienia przez ciebie...

- Ale nie masz się czego obawiać - pocieszałem ją.

- Tak, nie mam! Wszystko się wyda, bo masz pełno liści w głowie. Zresztą zaczekaj, ja cię uczeszę. Byle tylko z jakiego krzaka nie podglądała nas Zosia. Ona jest dobra do sekretu, ale zawsze...

Lonia wzięła ze swych włosów półkolisty grzebień i zaczęła mnie czesać.

- Ty zawsze jesteś potargany - mówiła. - Powinieneś czesać się tak jak wszyscy panowie. O tak!... Mieć przedział z prawego boku, nie z lewego. Gdybyś miał włosy czarne, byłbyś taki piękny jak narzeczony mojej mamy. Ale żeś blondyn, więc uczeszę cię inaczej. Będziesz teraz wyglądał jak aniołek, co jest pod Madonną. Wiesz, który... Szkoda, że nie mam lusterka.

- Kaziu! Loniu!... - zawołała w tej chwili Zosia, gdzieś od strony parku.

Zerwaliśmy się oboje, a Lonia była naprawdę przelękniona.

- Wszystko się wyda! - rzekła.-Och! ta osa!...A najgorsze to, żeś zemdlał...

- Nic się nie wyda! - odparłem energicznie. - Ja przede nic nie powiem.
- Ani ja. Nie powiesz nawet, żeś zemdlał?...
- Naturalnie.
- No, no!... - dziwiła się Lonia. - Bo ja, żebym zemdlała, to bym nie mogła wytrzymać...
- Kaziu! Loniu!... - wołała moja siostra już o kilkanaście kroków od nas.
- Kaziu! - szepnęła Lonia kładąc palec na ustach.
- Już nie bój się!
Zaszeleściły krzaki i ukazała się Zosia ubrana w fartuszek.
- Gdzieś ty była, Zosiu? - zapytaliśmy ją oboje.
- Chodziłam po fartuszek dla siebie i dla ciebie, Loniu. Masz oto, bo jeżyny walają.
- Czy zaraz wracamy do domu?
- Nie ma po co - odparła Zosia. - U mamy jest ten pan, a panna Klementyna ani myśli wyjść z altanki. Możemy tu siedzieć choćby do wieczora. Ale już zaczynam rwać jeżyny, boście wy więcej zjedli ich niż ja.
Zaczęły rwać obie, a ja także jakoś nabrałem na nowo ochoty do jedzenia.
Widząc, że oddalam się, Lonia zawołała za mną:
- Kaziu, wiesz , o czym myślę!...
I pogroziła mi palcem.
W tej chwili po raz nie wiem który przysiągłem sobie, że nikomu nie wspomnę ani o moim zemdleniu, ani o tej musze. Ledwiem jednak odszedł kilka kroków, usłyszałem głos Loni:
- Żebyś ty wiedziała, Zosiu, co się tu działo!... Ale nie mogę ci powiedzieć ani słówka. Chociaż gdybyś mi przyrzekła, że dotrzymasz sekretu...
Uciekłem jak najdalej w gąszcz czując, że się wstydzę. No, chociaż Zosia...
Na owych nieszczęsnych jeżynach byliśmy jeszcze z godzinę. Gdyśmy stamtąd wracali do domu, dostrzegłem wielką zmianę sytuacji. Zosia patrzyła na mnie ze Zgrozą i ciekawością, Lonia wcale nie patrzyła, a ja byłem tak zmieszany, jakbym popełnił morderstwo.
Żegnając się z nami Lonia serdecznie ucałowała Zosię, a mnie kiwnęła głową. Zdjąłem przed nią czapkę myśląc, że jestem wielki gałgan.
Po odejściu Loni Zosia wzięła mnie w obroty.

- Dowiedziałam się pięknych rzeczy! - rzekła z powagą.
- Cóżem ja zrobił? - zapytałem na dobre przestraszony.. - Jak to co? Naprzód - zemdlałeś (ach! Boże, i mnie przy tym nie było...), no - a potem ta osa czy mucha... Okropność... Biedna Lonia! Ja umarłabym ze wstydu.
- Ale cóżem ja temu winien? - ośmieliłem się spytać.
- Mój Kaziu - odparła - przede mną nie potrzebujesz się tłomaczyć, bo przecież ja ci nic nie zarzucam. Ale zawsze...
"Ale zawsze..." - to mi odpowiedź!... Z tego "ale zawsze" wypadało, że w całej sprawie ja jeden jestem winien. Mucha nic, Lonia, która wniebogłosy krzyczała, także nic, tylko ja za to, żem biegł na ratunek.
Prawda, ale po co zemdlałem?...
Byłem niepocieszony. Na drugi dzień wcale nie poszedłem do parku, byle tylko nie pokazywać się Loni, a na trzeci - ona kazała mi przyjść. Gdym przyszedł, kiwnęła mi głową z daleka i rozmawiała tylko z Zosią, rzucając na mnie od czasu do czasu spojrzenia dumne i smutne jak na zbrodniarza.
Chwilami myślałem, że jednak dzieje mi się tu jakaś niesprawiedliwość. Wnet przecie tłumiłem podobne podejrzenia mówiąc sobie, żem naprawdę zrobił coś strasznego. Nie wiedziałem jeszcze wówczas, że taka metoda stanowi charakterystyczną cechę kobiecej logiki.
Tymczasem dziewczynki chodziły po ogrodzie poważnym krokiem ani myśląc o skakaniu przez sznur, tylko szepcząc coś między sobą. Nagle Lonia zatrzymała się i rzekła głosem bolejącym:
- Wiesz, Zosiu, taki mam apetyt na czarne jagody... Aż mi pachną...
- To ja zaraz przyniosę - odezwałem się z pośpiechem. - Znam w lesie jedno miejsce, gdzie jest ich bardzo dużo.
- Będziesz się fatygował?... - odpowiedziała Lonia obrzucając mnie melancholijnym wejrzeniem.
- Cóż to szkodzi? Niech idzie, kiedy chce - wtrąciła Zosia.
Poszedłem tym spieszniej, że mi już w ogrodzie zaczynało być duszno wobec tylu grymasów. Mijając kuchnią usłyszałem, że panienki śmieją się, a gdy od niechcenia zajrzał przez parkan, spostrzegłem, że w najlepsze skaczą przez sznur. Widać, że tylko wobec mnie zachowywały tak uroczyste miny.
W kuchni był piekielny hałas. Matka Walka płakała i klęła, a stara Salusia wymyślała jej za to, że Walek stłukł talerz.
- Dałam mu - jęczała pomywaczka - temu hyclowi, talerz, żeby se

wylizał, a on, podlec, buch! go na ziemię i jeszcze uciekł. Oj, jeżeli ja
cię dziś nie zabiję, to mi chyba ręce i nogi odejmie...
   A potem wołała:
   - Walek!... Chodź mi tu zaraz, psiawiaro, bo z ciebie będę pasy
darła, jak wnet nie przyjdziesz.
   Zrobiło mi się żal chłopca i chciałem załagodzić sprawę.
Pomyślałem jednak, że mogę zrobić to samo wróciwszy z lasu, bo
Walek chyba dopiero w nocy pokaże się w kuchni, i - poszedłem w
swoją stronę.
   Las był odległy od folwarku na jakie pól godziny drogi, może i
dalej. Rosły w nim dęby, sosny, leszczyna, a poziomek i czarnych
jagód było tyle, ile kto mógł zebrać. Z brzegu trochę pastusi
przerzedzili jagody, głębiej było ich więcej, zajmowały takie płaty
ziemi jak dziedziniec.
   Dostawszy się w te okolice narwałem jagód całą czapkę i całą
chustkę sam mało jedząc, bom się śpieszył. Pomimo to upłynęła
godzina albo i dłużej, nim obładowany zdobyczą zabrałem się do
powrotu. Nie szedłem prosto, alem trochę nakładał drogi, gdyż w
ogóle pociągała mnie przechadzka po lesie.
   Gdy idziesz ku gąszczowi, drzewa wyraźnie ustępują ci, niby robią
miejsce. Ale spróbuj, posuwając się naprzód, odwracać głowę.
Podają sobie gałęzie jakby ręce, pień zbliża się do pnia, potem
nawet zaczynają się stykać i ani się spostrzeżesz, kiedy wyrośnie
za tobą pstra ściana, głęboka, nieprzebyta...
   Nic łatwiejszego jak wtedy zbłądzić. Gdziekolwiek ruszysz się,
wszędzie jest jednakowo, wszędzie drzewa rozsuwają się przed
tobą, a zbiegają za tobą. Zaczynasz pędzić, one także pędzą wciąż
za ciebie, byle ci odciąć odwrót. Stajesz - one stają i zmęczone
chłodzą się gałęźmi jak wachlarzami. Poruszasz głową na prawo i
na lewo, szukając drogi, i widzisz, że niektóre z drzew kryją się za
innymi, jakby chcąc cię przekonać, że jest ich mniej, niż sądzisz.
   O! las to rzecz niebezpieczna. Tam każdy ptak szpieguje, gdzie
idziesz, każde ziółko chce ci oplatać nogi, a nie mogąc,
przynajmniej szelestem donosi o tobie innym. Tak on widać tęskni
za ludzką twarzą, że raz ją zobaczywszy używa wszelkich
podstępów, by ją zatrzymać na zawsze.
   Już słońce miało się ku zachodowi, kiedym wyszedł na pole. O
paręset kroków spotkałem Walka. Szedł prędko w stronę lasu
podpierając się wysokim kijem.
   - Gdzie ty idziesz? - zapytałem go. Nie uciekał przede mną. Stanął i
wskazując żółtą rączyną na las odparł cicho:

67

- Het! het!...
- Niedługo będzie noc, wracaj do domu.
- Kiej mnie matula strasznie chcą zbić...
- Chodź ze mną, to cię nie zbije.
- O, zbije!...
- No, chodź, zobaczysz, że d nic nie zrobi - rzekłem zbliżając się do niego.
Chłopak cofnął się, ale nie uciekał; zdawało mi się, że się waha.
- No, chodźże...
- Kiedy boję się...
Znowum się zbliżył, a on znowu się cofnął. To wahanie się i cofanie obdartego chłopca zniecierpliwiło mnie. Tam Lorda czeka na jagody, a on targuje się ze mną o powrót?... Nie mam na to czasu.
Prędko poszedłem ku folwarkowi. Byłem chyba w połowie drogi do domu, gdym odwrócił głowę i zobaczyłem Walka na wzgórku pod lasem. Stał ze swym kijem w ręku i patrzył na-mnie. Wiatr powiewał szarą koszuliną, a podarty kapelusz w promieniach zachodzącego słońca błyszczał mu na głowie jak ognisty wieniec.
Coś mnie tknęło. Przypomniałem sobie, jak go namawiali parobcy, ażeby wziął kij i poszedł w świat. Czyżby?... Nie, on przecie taki głupi nie jest. Zresztą nie mam czasu wracać do niego, bo pogniotą mi się jagody, a tam Lonia czeka...
Pędem przybiegłem do domu chcąc przesypać jagody do koszyka. Na progu Zosia powitała mnie - rzewnym płaczem...
- Co to jest?...
- Nieszczęście - szepnęła siostra. - Wszystko się wydało... Tatko stracił miejsce u pani...
Jagody wysypały mi się z czapki i z chustki. Schwyciłem siostrę za rękę.
- Zosiu, co ty mówisz?... co się tobie dzieje?...
- Tak jest. Tatko już nie ma miejsca. Lonia po sekretem powiedziała guwernantce o tej osie, a guwernantka pani... Kiedy tatko przyszedł do pałacu, pani kazała, żeby ciebie natychmiast wywiózł do Siedlec. Ale tatko odpowiedział, że - wszyscy wyjedziemy razem...
Zaczęła strasznie płakać.
W tej chwili zobaczyłem ojca na dziedzińcu. Pobiegłem naprzeciw i bez tchu upadłem mu do nóg.
- Mój serdeczny tatku, com ja narobił!... - szeptałem obejmując go za kolana.

Ojciec podniósł mnie, pokiwał głową i odparł krótko:
- Głupiś, idź do domu.
A potem rzekł jakby do siebie:
- Jest tu inny majster, który nas stąd wypędza, bo myśli, że stary plenipotent nie pozwoliłby mu przegrać majątku sieroty. I ma racją!
Odgadłem, że mówi o narzeczonym naszej pani. Zrobiło mi się lżej na sercu. Pocałowałem szorstką rękę ojca i odezwałem się trochę śmielej:
- Bo, widzi tatko, byliśmy na jeżynach... Lonię ugryzła osa...
- Głupiś jak osa. Nie brataj się z paniętami, to nie będziesz polował na osy i nie zniszczysz majtek w sadzawce. Idź do domu i nie wyłaź mi za próg, dopóki stąd wszyscy nie wyjadą.
- Oni jadą?... - ledwiem wyszeptał.
- Jadą do Warszawy za kilka dni, a wrócą, kiedy nas już tu nie będzie.
Smutno zeszedł wieczór. Na kolacją były doskonałe kluseczki z mlekiem, ale żadne z nas nie jadło. Zosia obcierała czerwone oczy, a ja układałem desperackie projekta.
Przed położeniem się spać cicho wszedłem do pokoiku siostry.
- Zosiu - rzekłem do niej stanowczo - ja... muszę się ożenić z Lordą!... Spojrzała na mnie przestraszona.
- Kiedy?...-spytała.
- Wszystko jedno.
- Ależ teraz ksiądz proboszcz nie da wam ślubu, a później ona będzie w Warszawie, a ty w Siedlcach... Zresztą, co by powiedział tatko, pani?...
- Widzę, że nie chcesz mi pomóc - odpowiedziałem siostrze i nie pocałowawszy jej na dobranoc wyszedłem.
Od tej chwili nie pamiętam już nic. Mijały dnie i noce, a ja wciąż leżałem w łóżku, przy którym siedziała albo moja siostra, albo Wojciechowa, a czasami felczer. Nie wiem, czy mówiono przy mnie, czy mi się tylko marzyło, że Lonia już wyjechała i że Walek gdzieś przepadł. Raz nawet zdawało mi się, że widzę nad sobą zapłakaną twarz pomywaczki, która łkając pytała:
- Paniczu, gdzieście widzieli Walka?...
Ja?... Walka?... Nic nie rozumiałem. Ale później przyszło mi do głowy, że zbieram jagody w lesie i że zza każdego drzewa patrzy na mnie Walek. Wołam go, on ucieka - gonię za nim, lecz nie mogę dopędzić. Tarnina chwyta mnie i odpycha, jeżyny oplątują nogi, drzewa tańczą, między pniami porosłymi mchem miga szara

koszulina chłopca.

Niekiedy marzyłem, że ja sam jestem Walek, to znowu, że Walek, Lonia i ja jesteśmy jedną osobą. Przy tym zawsze widywałem las albo gęste krzaki, zawsze ktoś wołał mnie na pomoc, a ja - nie mogłem ruszyć się z miejsca.

Strach, com wycierpiał.

- -

Gdym podniósł się z łóżka, był już koniec wakacji i należało jechać do szkół. Parę dni jeszcze przesiedziałem w mieszkaniu i dopiero w wigilią wyjazdu, przed wieczorem, wywlokłem się na dziedziniec.

W pałacu okna były zasłonięte roletami. Więc oni naprawdę wyjechali?... Zaszedłem pod kuchnią upatrując Walka. Walka nie było. Spytałem o niego jakiejś dziewuchy.

- Oho! paniczu - odparła - nie ma już Walka... Bałem się pytać o więcej. Poszedłem do parku. Boże, jak tu smutno... Bez myśli włóczyłem się po wilgotnych ścieżkach, bo niedawno deszcz padał. Trawa pożółkła, sadzawka jeszcze bardziej zarosła, w czółnie pełno wody. W alei głównej stały wielkie kałuże, w których przeglądał się mrok. Ziemia czarna, pnie czarne, gałęzie obwisły, liście więdną. Smutek szarpał mi duszę i z głębi raz po raz wydobywał jakiś cień. To Józia, to Loni, to Walka...

Wtem wionął wiatr, zaszumiały wierzchołki drzew i z chwiejących się gałęzi zaczęły padać duże krople jak łzy. Bóg widzi, że płakały drzewa. Nie wiem, czy nade mną, czy za moimi przyjaciółmi, ale to pewna, że - razem ze mną...

Ciemno było, kiedym wyszedł z parku. W kuchni parobcy jedli wieczerzę. Za kuchnią w polu zobaczyłem figurę kobiecą. Przy niepewnym świetle, które spływało na ziemię z jasnego paska obłoków, poznałem pomywaczkę. Patrzyła na las i mruczała:

- Walek... Walek!... a wracajże do dom... O, coś ty mi zgryzoty narobił, ty niecnoto, niecnoto...

Uciekłem pędem do domu, bom myślał, że mi serce pęknie.

MILKNĄCE GŁOSY

Wróciwszy cało z piątej kampanii w życiu, pułkownik w końcu roku 1871 wziął dymisją i osiadł w Lyonie. Liczył sobie dopiero sześćdziesiąt pięć lat i wyglądał tak czerstwo, że przyjaciele namawiali go, aby się ożenił. Ale pułkownik nie chciał się żenić. Mówił, że wprawdzie ma jeszcze mocne nogi, lecz że go już znudziła adwokacka Francja, więc myśli wrócić do swoich. Z babą zaś miałby w drodze dużo kłopotu.

Chciał jechać natychmiast; zaczął nawet szukać kupca na swój domek z ogródkiem. Tymczasem przybyło do Lyonu trzech rodaków i kolegów pułkownika z najpierwszej kampanii. Starzy odnaleźli się łatwo, jeszcze łatwiej odnowili znajomość i odtąd chodzili sobie we czterech. Chcąc pijać razem czarną kawę w polskiej kawiarence, musieli razem jadać obiad w jednej restauracji. Potem każdy mógł iść, gdzie go oczy poniosą, byle wieczorem stanął na czas do wista. Ponieważ jednak trafiały się spóźnienia, więc dla porządku pilnowali się wzajemnie i - cały dzień chodzili razem, czasami po dwóch, czasem gęsiego, a zwykle rzędem.

Głównym zajęciem ich była rozmowa o dawnych kampaniach i o polityce bieżącej. W ciągu roku starzy odkryli wszystkie błędy Kossutha, Mac-Mahona, Bazaine'a i dawniejszych wodzów. W roku zaś następnym poukładali tak szczęśliwie plany wojen, że gdyby je wykonano, świat wyglądałby całkiem inaczej niż obecnie.

W trzecim roku jeden z nich umarł. Opłakali go jak brata, lecz w miesiąc po pogrzebie zadecydowali, że w polityce nieboszczyka tkwił wielki błąd: bo Bismarck, choć Niemiec, jest jednak genialnym człowiekiem, i nie wiadomo, na co się jeszcze może przydać.

W czwartym roku umarł im drugi kamrat całkiem niespodzianie. Pułkownik aż położył się do łóżka ze zmartwienia i od tej pory z pozostałym kolegą nie grywał w wista, tylko w mariasza. Starzy mniej teraz rozmawiali ze sobą, ale za to czytywali więcej gazet. Rozejrzawszy się zaś i skombinowawszy to, co pisały dzienniki angielskie, z tym, co niekiedy bywało w niemieckich, doszli do wniosku, że Bismarck wcale nie jest taki zły, jak się wydaje, lecz musi być ostrożny...

- W polityce, kochany kapitanie - mówił pułkownik - najpierwszą cnotą jest ostrożność. To rzecz daremna!...

- Zawsze byłem tego zdania, kochany pułkowniku - odparł kapitan. - I nawet, jeżeli sobie przypominasz, często broniłem Bismarcka...
- No, częściej mówiłeś, że to gałgan.
- Ja, pułkowniku?... To nieboszczyk Kudelski, a głównie Domejko, Panie, świeć ich duszy... Potem dodał:
- Prawda, że dobrzy z nich oficerowie, ale - do polityki żaden nie miał głowy... choć obaj są już na boskim sądzie.
Nareszcie - pewnej zimy umarł i kapitan.
Pułkownik na razie nie okazał żalu; zajął się pogrzebem i sprawił taki, jaki należał się oficerowi dwóch armij. Nie uronił ani jednej łzy, ale gdy nad grobem rozległy się salwy piechoty żegnającej kolegę, starzec nagle zachwiał się i padł, jak gdyby wszystkie strzały skierowano w jego piersi.
Ledwie go otrzeźwili. Przez kilka minut odpoczywał, potem bez niczyjej pomocy wsiadł do fiakra i kazał się odwieźć do domu.
Na drugi dzień w miejscowych dziennikach ukazało się ogłoszenie o sprzedaży domu pułkownika. Kupiec znalazł się prędko, a w tydzień później starzec gotował się do pożegnania gościnnej Francji na zawsze.
- Nie żal ci też, pułkowniku, opuszczać nas? - spytał go rejent, u którego robiono akt sprzedaży.
- Żal i nie żal - odparł starzec. - Żal, boście szlachetny naród i warto za was krew przelewać. A nie żal - bo się u was dużo zmieniło... Gadacie tylko o handlu, pieniądzach, kuchni, zabawach... Wrócę ja lepiej do moich śniegów... Tam są inni ludzie, moi ludzie. Oni zrozumieją mnie, ja ich. A tu, u was, jest mi już strasznie pusto...
Rejent pokiwał głową, ale widząc gorączkę starca nie wdawał się w perswazje. Zrozumiał on, że człowieka czasami porywa burza tęsknoty i niesie go jak liść, który gdyby umiał myśleć, może by i myślał, że wraca na swoje dawne drzewo i że znowu do niego przy rośnie.
Pułkownik udał się do Paryża, ułożył się o wypłacanie mu emerytury, przedstawił w ambasadzie swoje dokumenta i uzyskał paszport. Spotkał wielu przyjaciół, którzy namawiali go, ażeby odpoczął choć do lata. Ale na próżno. Starca, od chwili gdy powiedział sobie, iż wraca do kraju, ogarnął taki niepokój, że po prostu - nie mógł sobie znaleźć miejsca.
W rozmowie był nieuważny, w towarzystwie cierpki. Gdy dla rozerwania się wziął jaki dziennik, zdawało mu się, że jest

drukowany po polsku. Wszędzie na coś czekał, jakby lada chwilę miał ukazać się ktoś jeszcze nie znany, ale - od dawna wyglądany.

Na bulwarach, ponad tysiącem świateł i gwarnym mrowiskiem ludzi, widywał ciche równiny śniegiem pokryte, na horyzoncie czarne lasy, gdzieniegdzie małe domy ze słomianymi dachami albo stare krzyże przy drogach.

Miał jakby dwie dusze. Jedną wywiózł z kraju, druga wyrosła w nim na obczyźnie i samowładnie rządziła przez lat czterdzieści kilka. Lecz nagle obudził się ów młody duch z całym zasobem wspomnień i pragnień. Było mu źle w Lyonie, źle w Paryżu, źle w teatrze, źle w pociągu. W dzień przeszkadzał myśleć, a w nocy zdawało się pułkownikowi, że ktoś rzuca nim po łóżku, wygania go z pokoju, że w nim szlocha i krzyczy rozdzierającym głosem:
- Odwieź mnie tam, do moich!...

Starzec opuścił Paryż, z wieloma osobami nie pożegnawszy się nawet, i dniem i nocą jechał do kraju. Wyprostowana figura i charakterystyczne ruchy zwróciły uwagę Niemców, którzy przypatrując się śniadej, suchej twarzy, jego podciętym białym wąsom i białej muszce na brodzie odgadywali, że to musi być jakiś jenerał, a bodaj czy nie marszałek francuski.

- Pewnie jedzie z misją do Petersburga!... - szeptali Niemcy. A że starzec wciąż wyglądał oknem, domyślali się, że bada niemieckie koleje, i - wróżyli wojnę na obu frontach.

Do granicy pociąg przyjechał nad ranem. Formalności paszportowe zabrały kilka godzin czasu. Jedni pasażerowie jedli, inni drzemali. Pułkownik nie mógł ani jeść, ani spać; wyszedł na spacer za stacją.

Szedł wzdłuż toru drogi żelaznej, może wiorstę, a może i dalej. Zaczęło świtać. Na wschodzie ukazał się jasny pasek, który stopniowo wzrastał, aż całe niebo przybrało barwę zielonego szkła, poplamionego szarymi, białymi i bladoróżowymi obłokami.

Po dusznej atmosferze bufetu chłodny wiatr orzeźwił starca, ale - nie uspokoił go. Pułkownikowi zdawało się, że gdy raz stanie na otwartym polu, na swoim polu, w jego piersi nie wytrzyma tęsknota, wyrwie się i gdzieś odleci, jak gołąb wypuszczony z klatki. Lecz stało się inaczej: zamiast ukojenia uczuł zdziwienie. Horyzont, niegdyś taki szeroki, wydał mu się ciasnym. Lasów nie widać, tylko tu i owdzie sterczą dymiące kominy fabryk. Nie widać ani chat, ani ogrodów przy nich, tylko posępne, ceglane domy na śnieżnych wydmach. Nawet wiatr, zamiast szumieć między gałązkami wierzbiny, tłukł się o nieskończenie długi szereg słupów albo w telegraficznych dzwonkach płakał jak zabłąkana sierota.

To już nie ta ziemia, którą przed pół wiekiem opuścił!...

Na dworcu zadzwoniono. Pułkownik ledwie zdążył zająć miejsce w wagonie - i pociąg ruszył.

Przez całą drogę starzec rozglądał się chcąc choć nie jakąś nitkę nawiązać między rzeczywistością i wspomnieniami. Daremna praca! Inny kraj leży na dnie duszy, inny przed oczyma. Chłopi bez sukman. Żydzi bez lisich czapek, domy bez drzew, ziemia bez lasów. Nie był nawet pewny, czy ptaki nie straciły głosu.

Do Warszawy przyjechał już późno wieczór i umieścił się w drugorzędnym hotelu, który z pozoru przypominał dawne "zajazdy". Lecz i tu spotkało go rozczarowanie. Zamiast prostych sprzętów, obitych włosieniem albo skórą, jakie bywały za jego czasów, zastał modne meble, obrazy kobiet z półświatka, popsute elektryczne dzwonki i służbę w poplamionych frakach. Nie był to już stary "zajazd", ale zagraniczny hotelik w złym gatunku.

Przespawszy noc jako tako, pułkownik od rana wyszedł na miasto. Wziął dorożkę i kazał obwozić się po wszystkich znanych niegdyś ulicach. Niepojęte zmiany... Znikły wysokie, w białe i czerwone pasy malowane słupy latarniowe, znikły dworki i rozległe ogrody, a miejsce ich zajęły szeregi ogromnych kamienic, zbudowanych po większej części bez ładu i smaku. Nawet tam, gdzie za jego czasów polowano na dzikie kaczki, stało dziś miasto duże, ruchliwe, ale - jakieś inne...

Ludzi zupełnie nie poznawał, ani z ubiorów, ani z fizjognomij. Co dziwniejsza, chwilami raziło go to, że nie słyszy gwaru francuskich rozmów, do których przez pół wieku nawykło ucho!

Po tej przejażdżce uczuł pustkę jeszcze większą niż we Francji i postanowił wejść w towarzystwo ludzi.

Miał tu znajomych między różnymi osobami, które spotykał w Paryżu albo u wód.

Zanotował kilka nazwisk i poprosił hotelowego szwajcara o wyszukanie adresów. Na drugi dzień przyniesiono mu tylko jeden adres człowieka dość majętnego, z którym przed dziesięcioma laty poznał się w Vichy.

Pułkownik natychmiast udał się do niego i szczęściem zastał w domu.

Gospodarz na razie nie poznał go, a poznawszy zmieszał się. Gorączkowo ściskając gościa, troskliwie począł go wypytywać, czy nie miał kłopotów z paszportem? - a gdy uspokoił się co do tej

kwestii, zapytał, jak też długo myśli bawić w Warszawie?
- Chciałbym tu osiedlić się, o ile, naturalnie, uda mi się zawiązać stosunki - odparł pułkownik.
- O!... stosunki u nas zawiązują się łatwo. Znajdzie tu pan może nawet i swego kolegę...
- Któż to?... - przerwał mu prędko starzec.
- Jest to także były oficer francuski. Biedaczysko!... przyjechał bez grosza i ledwo znalazł jakąś lichą posadę... Dziś nie może odżałować, że opuścił Francją. Och!... u nas bardzo trudno o zajęcie... tysiące młodzieży szuka go na próżno...
- No, ja tego nie potrzebuję - odparł gość śmiejąc się pierwszy raz od paru miesięcy. - Mam trochę gotówki i emeryturę pułkownika.
Uśmiech tak widać ozdobił marsowatą twarz starca, że gospodarz, poprzednio dość chłodny, nagle wpadł w entuzjazm. Porwał gościa w objęcia, kilkanaście razy nazwał go pułkownikiem, przypomniał mu mnóstwo przyjemnych chwil spędzonych razem w Vichy, przedstawił mu całą swoją rodzinę i zaklinał na wszystkie świętości, ażeby raczył uważać ten dom jak własny i ażeby jutro wieczorem zaszczycił go swoją wizytą.
- Będzie u nas parę osób - mówił zachwycony gospodarz - które z przyjemnością złożą hołd bohaterowi...
- Emerytowi!... - poprawił go pułkownik.
Pomimo tak szczególnego przyjęcia pułkownik przyszedł na wieczór. W przedpokoju przyjął go sam gospodarz, ledwie nie zdjął mu kaloszy i z wielkim szumem wprowadził do salonu.
Był to wieczór tańcujący, więc starzec znalazł od razu kilkadziesiąt osób. Porobił prędko znajomości z damami, z których jedna zapewniała go, że pamięta kampanią włoską, choć mogła znać na palcach węgierską - druga dziwiła się, że opuścił "ten piękny Paryż", a najmłodsza zapytała nieśmiało: czy pan pułkownik nie tańczy już nawet kadryla?...
Ponieważ przeszło siedemdziesięcioletni weteran już nie tańczył, więc gdy odezwała się muzyka, pomimo całego szacunku -zapomniała o nim. Żołnierz spod Solferino i Gravelotte musiał ustąpić bohaterom walca i kontredansa, tak samo jak we Francji.
Wyszedł do dalszych salonów; tam grano w karty. Gościnny gospodarz ofiarował się w tej chwili zebrać mu towarzystwo do wista z dwu radców i jednego prezesa; ale starzec podziękował, może przez pamięć dla swoich ostatnich kolegów od wista.
Więc i tu przestano się nim zajmować, z czego pułkownik był kontem mogąc przypatrzeć się ludziom.

Przysłuchiwał się rozmowom. W jednym kącie mówiono o karnawale, w drugim o giełdowych kursach, w trzecim o płci pięknej, w czwartym o polityce, a mianowicie o tym, że nas Niemcy nieodwołalnie zjedzą.

Do tej grupy przyłączył się pułkownik, ale rozmawiał niedługo. Przechodząc od kwestii do kwestii, usłyszał w końcu, że realna polityka powinna traktować wojnę jak interes przemysłowy i że tylko taki szarlatan jak Napoleon III mógł wojować za cudze sprawy, dla idei.

Toż samo niejednokrotnie słyszał we Francji - po cóż więc ją opuścił?...

Starzec cichaczem wymknął się z balu i wrócił do swego zajazdu. Położywszy się do łóżka począł marzyć, trochę we śnie, trochę na jawie. Gdy znużony tracił chwilami świadomość, zdawało mu się, że przestał być człowiekiem, lecz że jest krzyżem na zapadającym się grobie, w którym spoczęli jego dawni kamraci. Gdy zaś ocknął się, szeptał:

- Po com ja tu wrócił?...

I uczuł tęsknotę za Francją.

Na drugi dzień przypadała niedziela. Starzec wstał późno i ubierał się powoli, namyślając się, kiedy wracać do Francji: dziś czy jutro?... Tu był już obcym dla wszystkich i wszyscy dla niego.

Miał numer na dole. Gdy około dziesiątej podniósł roletę, spostrzegł, że przed jego oknem chodzi tam i na powrót jakiś ubogo odziany człowiek z małym chłopcem.

Był silny mróz, więc ubogi człowiek dla rozgrzania się tupał nogami w chodnik, uderzał się w ramiona albo rozcierał zsiniałe z zimna ręce dziecka, które miało nieco przydługi surdut, słomiany kapelusz, nie obtarty nos i uszy podwiązane brudną chustką.

Ponieważ chodzący po podwórzu często spoglądał w okno pułkownika, starzec zwrócił na niego uwagę i spytał kelnera: co za jeden jest ten człowiek?

Kelner uśmiechnął się i odparł:

- To szewc!... Mieszka tu u nas pod strychem i chce swojemu chłopcu pokazać pana pułkownika...

- Mnie pokazać?... A skądże on wie, kto ja jestem?...

- Dowiedział się od służby...

Starzec zamyślił się, a tymczasem ubogi człowiek wciąż dreptał za jego oknem albo rozcierał zmarznięte rączyny dziecku.

Pułkownik miał iść na śniadanie do miasta. Ubrał się więc spieszniej i zaciekawiony wyszedł na podwórze.

Na jego widok człowiek z dzieckiem stanął jak wryty. Wykręcił czapkę na bakier, zmarszczył brwi, wyprężył się i zacisnął pięści, co wyglądało tak, jak gdyby chciał rzucić się na pułkownika, ale według jego pojęć znaczyło oddanie honorów.

Ponieważ jego syn chuchał sobie przez ten czas w ręce, więc dla rozbudzenia uwagi uderzył chłopca pięścią w kark, a sam wciąż patrzył na starca jak na wilka, myśląc, że postępuje według najściślejszych reguł wojskowej etykiety.

Starzec - zatrzymał się. Chciał coś przemówić do ubogo ubranego człowieka, ale brakło mu wyrazów, a przy tym - było na podwórzu trochę ludzi. Więc tylko spojrzeli sobie w oczy i pułkownik z wolna poszedł w stronę ulicy.

Wtedy szewc odezwał się do dziecka:

- Wojtuś!...
- Abo co?
- Będziesz, hyclu, taki?...
- Co nie mam być, oj! jej!... - odparło dziecko z zawalanym nosem.
- Pamiętaj, żebyś był, bobym ci zęby powybijał, choć urośniesz!...

Tymczasem pułkownik poszedł na śniadanie, ale jadł niewiele, bo śpieszył się. Potem wybiegł do miasta i wkrótce - wynajął sobie prywatne mieszkanie.

Brzydkie kamienice i nowi ludzie już go -nie razili. A gdy wypadkiem mijał ulicę Karową i z niej spojrzał na Wisłę, zobaczył znowu taki rozległy horyzont jak niegdyś, takie same lasy i uczuł ten orzeźwiający powiew, którego mu brakowało przez pół wieku.

"Zostanę tu!" - pomyślał.

NA WAKACJACH

Wieczorem, jak zwykle, przyszedł do mnie mój szkolny kolega. Mieszkaliśmy obaj na wsi o kilka wiorst od siebie i widywaliśmy się prawie co dzień. Był to przystojny blondyn, którego łagodne. oczy mogły rozmarzyć niejedną kobietę. Mnie pociągał jego niewzruszony spokój i trzeźwość umysłu.

Tego dnia spostrzegłem, że mu coś dolega; patrzył w ziemię i gorączkowo uderzał się po nogach szpicrutą. Nie uważałem za stosowne pytać go o powód widocznego zakłopotania, ale on sam zaczął.

- Wiesz - odezwał się - miałem dziś głupi wypadek. Zdziwiłem się; było rzeczą prawie niepodobną, ażeby, "głupi wypadek" mógł się zdarzyć tak panującemu nad sobą człowiekowi.

- Mieliśmy - mówi dalej - z rana we wsi pożar. Spaliła się chałupa...
- A tyś może skoczył w ogień?... - przerwałem mu trochę drwiącym tonem.

Wzruszył ramionami i zdawało mi się, że się lekko zarumienił; zresztą może mu padł na twarz blask zachodzącego słońca.

- Zapaliły się - ciągnął po przerwie - konopie na strychu u chłopa, a w kilka minut później strzecha. Czytałem w tej chwili jakiś zajmujący rozdział Saya, ale na widok kłębów czarnego dymu i płomyków wydobywających się ze szczelin przy kominie, opanowała mnie filisterska ciekawość i powlokłem się na miejsce. Ludzie byli przy robocie, więc zastałem zaledwie kilka osób: dwie baby lamentujące nad nieszczęściem, organiścinę, która obrazem św. Floriana zażegnywała pożar, i chłopa, który medytował trzymając w obu rękach pustą konewkę. Od nich usłyszałem, że chałupa zamknięta, bo gospodarz z kobieta wyszli w pole.

"Oto nasz system budowania!... - pomyślałem. - Dom płonie, jakby go prochem nabito..."

Istotnie, w ciągu paru minut cały dach stal w płomieniu: dym gryzł w oczy, a ogień tak mocno przypiekał, że z obawy o żakietę musiałem cofnąć się o parę kroków.

Tymczasem nadbiegło więcej ludzi z osękami, siekierami i wodą: jedni poczęli wywracać płot, któremu nic nie groziło, inni leli wodę z konewek w taki sposób, że nie tknąwszy ognia, przemoczyli do nitki zgromadzonych, a jedną babę wywrócili na ziemię. Nie robiłem im żadnych uwag wiedząc, że nic nie grozi dalszym budynkom; chata zaś była nie do uratowania.

Nagle ktoś krzyknął: "Tam jest dziecko, ten mały Stasiek!..."
- "Gdzie?..." - spytano. - "W chałupie, śpi w nieckach pod oknem...
Ino który wybij szybę, a jeszcze wyciągniesz żywego..."
Nikt się jednak nie ruszył. Słoma na dachu już spłonęh, a krokwie
żarzyły się jak rozpalone druty.
Wyznaję, że gdym to usłyszał, serce drgnęło mi w niezwykły
sposób.
"Jeżeli nikt nie idzie - pomyślałem - więc ja pójdę... Na uratowanie
chłopca wystarczy pół minuty. Czasu aż nadto, ale -jakież piekielne
gorąco!..."
"No, ruszże się który! - wołały baby. - O wy, psie dusze, nie
warciśta nazywać się chłopami!..." - "To leź sama w ogień, kiedyś
taka mądra! - ofuknął ktoś z tłumu. - Tam pewna śmierć, a dziecko,
słabe jak kurczę, i tak już nie żyje..."
"Ładnie! - pomyślałem - nikt nie idzie, a ja jeszcze się waham!
Chociaż - szepnęła mi rozwaga - jakie licho ciągnie mnie do
bezcelowej awantury?... Czy ja wiem, gdzie leży dzieciak?... Może
wypadł z niecek?..."
Belki już były zwęglone i z głuchym trzaskiem zaczęły się
wyginać.
"Ale trzeba w końcu wedrzeć się tam - myślałem - każda sekunda
jest droga. Dzieciak przecie nie może spalić się jak robak.
- Lecz jeżeli już nie żyje?... - odpowiedziało zastanowienie -w
takim razie szkoda nawet surduta..."
Z daleka odezwał się straszny krzyk kobiecy: "Ratujcie dziecko!..."
- "Trzymajcie ją!... - zawołano w odpowiedzi. - Skoczy w ogień i
zginie..."
Usłyszałem za sobą jakieś szamotanie i ten sam krzyk:
"Puszczajcie !... to moje dziecko!..."-, ,Ciągnij ją wpół!..."- odpowie-
dziano.
Nie mogłem wytrzymać i rzuciłem się naprzód. Owionął mnie żar,
dym, dach zatrzeszczał, jakby go rozdarto, z komina posypały się
cegły. Poczułem, że mi się tlą włosy, i - cofnąłem się rozgniewany.
"Co za głupi sentymentalizm - pomyślałem - dla garstki ludzkich
popiołów robić z siebie straszydło?... Jeszcze powiedzą, że tanim
kosztem chciałem zostać bohaterem!..."
Wtem potrąciła mnie jakaś młoda dziewczyna biegnąca do chaty.
Usłyszałem brzęk wybitych szyb, a gdy nagły wiatr odgarnął
tuman dymu, zobaczyłem ją w oknie tak silnie pochyloną do
wnętrza izby, że widać było jej nie umyte nogi.
"Co ty robisz, wariatko?! - krzyknąłem - tam już jest trup, nie '»

dziecko..." - , Jagna! chodzi tu!..." - zawołano z tłumu.

Pułap zapadł się, aż iskry sypnęły do nieba. Dziewczyna znikła w dymie, a mnie pociemniało w oczach.

"Ja-gna!..." - powtórzył lamentujący głos.

"Zara!... zara!..." - odpowiedziała dziewczyna przebiegając koło mnie z powrotem.

Z wysiłkiem dźwigała w rękach chłopca, który obudziwszy się wrzeszczał wniebogłosy.

- Więc dziecko żyje? - spytałem.

- Jak najzdrowsze.

- A dziewczyna... czy to jego siostra?

- Gdzież tam! - odparł - zupełnie obca; nawet służy u innego gospodarza i ma najwyżej piętnaście lat.

- I nic się jej nie stało?

- Opaliła sobie chustkę i trochę włosów. Idąc tu widziałem ją; skrobała przed sienią kartofle i coś sobie nuciła fałszywym głosem. Chciałem jej wyrazić moje uznanie, nagle jednak przyszły mi na myśl: jej dziki zapał i mój rozsądny takt wobec cudzego nieszczęścia, i... taki mnie wstyd ogarnął, że nie śmiałem do niej przemówić ani wyrazu.

My już tacy!... - dodał i począł szpicrózgą ścinać rosnące przy drodze badyle.

Na niebie zaczęły się pokazywać gwiazdy i chłodny wiatr przyniósł od stawu rechotanie żab i kwilenie zabierających się do snu ptaków wodnych. Zwykle o tej porze obaj układaliśmy projekta na przyszłość, lecz dziś żaden ust nie otworzył. Za to zdawało mi się, że dokoła nas szepczą krzaki:

- Wy już tacy!...

ŻYWY TELEGRAF

Pani hrabina podczas wizyty w zakładzie sierot spostrzegła na korytarzu niezwykłą scenę: czterech chłopców wydzierało sobie podartą książkę, dość żwawo okładając się kułakami.

- Zdaje mi się, dzieci, że się bijecie?... - zawołała przestraszona dama. - Za to żaden nie dostanie pierniczka i jeszcze pójdzie klęczyć.

- Bo, proszę pani, on mi zabrał Robinsona! - tlomaczył się jeden chłopiec.

- Nieprawda, bo to on!... - zaprzeczył drugi.

- Widzisz, jak kłamiesz! - zawołał trzeci. - To ty odebrałeś mi Robinsona.

Zakonnica objaśniła damę, że mimo pilnego dozoru podobne wypadki trafiają się dosyć często, dzieci bowiem łakną czytania, a książek zakład nie posiada.

W sercu pani hrabiny zatliła się jakaś iskra. Ponieważ jednak nużyło ją myślenie, więc starała się zapomnieć o tym. Dopiero w salonie radcy, gdzie wypadło mówić o rzeczach pobożnych i dobroczynnych, opisała wypadek w zakładzie wraz z objaśnieniem zakonnicy.

Radca słuchając doznał też niezwykłego uczucia i jako bieglej-szy w sztuce myślenia, zawnioskował, że należałoby wysłać książki dla sierot. Przypomniał sobie nawet, że w szafie czy w kufrze posiada cały stos butwiejących druków, które niegdyś kupował dla swych dzieci; lecz... za ciężki już był do grzebania w rupieciach.

Wieczorem radca znalazł się u pana Z., któremu całe żyde upływało na oddawaniu drobnych usług ludzkości, zawartej między siódmą a trzecią klasą urzędowej hierarchii. Chcąc mu zrobić przyjemność radca opowiedział panu Z. to, co hrabina widziała w zakładzie i słyszała od zakonnicy, dodając ze swej strony, że - wypada postarać się o książki dla sierot.

- Nic prostszego! - wykrzyknął pan Z. - Wstąpię jutro do redakcji" Kuriera" i wpłynę na nich, ażeby zrobili ogłoszenie.

Na drugi dzień pan Z. wbiegł zadyszany do "Kuriera", na wszystkie świętości błagając redakcję, ażeby wezwała ogół do składania książek dla sierot.

Trafił szczęśliwie, ponieważ brakowało do numeru kilkuwier-szowej wiadomości sensacyjnej. Jakoż referent wydziału uczuciowego siadł i napisał:

"Gromadka dzieci, zostających pod opieką publiczną, cierpi na brak książek.

Maleństwo tęskni.

Pamiętajcie o duszach głodnych!"

Potem gwiżdżąc wyszedł na obiad.

W parę dni później, w niedzielę, przed zamkniętymi drzwiami redakcji spotkałem ubogo odzianego człowieka z rękoma czarnymi jak u kominiarza, a wraz z nim szczupłą dziewczynkę niosącą pakę starych książek.

- Czego pan sobie życzy?

Ufarbowany człowiek uchylił czapki i odparł nieśmiało:

- Przynieśliśmy, proszę pana, kilka książek dla tych "głodnych", co panowie pisali...

A szczupła dziewczynka dygnęła rumieniąc się, o ile jej na to pozwalały początki blednicy.

Wziąłem od niej książki i oddałem redakcyjnemu chłopcu.

- Jakże się pan nazywa? - spytałem.

- Proszę pana, a na co to? - odparł zmieszany.

- Musimy przecież wydrukować, kto dal książki.

- O! to nie potrzeba, proszę pana; ja przede jestem ubogi człowiek z fabryki kapeluszy... To nie potrzeba...

I odszedł wraz z mizerną córeczką.

Obok mnie stał uczony profesor fizyki i zapewne skutkiem tego przyszedł mi na myśl - telegraf nowej konstrukcji.

Główną stacją był zakład sierot, boczną - robotnik z fabryki kapeluszy; gdy jeden zasygnalizował "baczność", drugi natychmiast odpowiedział. Gdy jeden zażądał, drugi przyniósł.

My inni spełniliśmy funkcją słupów telegraficznych.

CIENIE

Kiedy na niebie dogasają blaski słońca, z ziemi wynurza się zmierzch. Zmierzch - wielka armia nocy o tysiącach niewidzialnych kolumn i miliardach żołnierzy. Potężna armia, która od niepamiętnych czasów pasuje się ze światłem, pierzcha każdego poranku, zwycięża każdego wieczora, panuje od zachodu do wschodu słońca, a w dzień, rozbita, chowa się po kryjówkach i czeka. Czeka w górskich przepaściach i miejskich piwnicach, w gąszczu lasu i w głębi ciemnych jezior. Czeka kryjąc się w przedwiecznych jaskiniach ziemi, w kopalniach, po rowach, w kątach domów, w załamkach murów. Rozproszona i na pozór nieobecna wypełnia jednak wszystkie skrytki. Jest w każdej szczelinie kory drzew, w fałdach ludzkiego odzienia, leży pod najmniejszym ziarnem piasku, czepia się najcieńszej nici pajęczej i czeka. Wypłoszona z jednego miejsca, w okamgnieniu przenosi się na inne, korzystając z lada sposobności, aby powrócić tam, skąd ją wygnano, wedrzeć się na nie zajęte stanowiska i zalać ziemię.

Kiedy gaśnie słońce, armia zmroków gęstymi szeregami wysuwa się ze swych ucieczek, cicha i ostrożna. Zapełnia korytarze domów, sienie i źle oświecone schody; spod szaf i stołów wypełzuje na środek pokoju i obsiada firanki; przez lufty piwnic i szyby okien wysuwa się na ulice, w głuchym milczeniu szturmuje ściany i dachy i zaczajona na szczytach, cierpliwie czeka, aż na zachodzie zbledną różowe obłoki.

Jeszcze chwilka i nagle zerwie się olbrzymi wybuch ciemności sięgającej od ziemi do nieba. Zwierzęta skryją się po legowiskach, człowiek ucieknie do domu; życie, jak roślina bez wody, skurczy się i pocznie usychać. Barwy i kształty rozpłyną się w nicestwie; trwoga, błąd i występek obejmą panowanie nad światem.

W takiej chwili na pustoszejących ulicach Warszawy ukazuje się dziwna postać ludzka, z drobnym płomykiem nad głową. Szybko biegnie przez chodnik, jakby ją ścigały ciemności, przy każdej latarni zatrzymuje się na mgnienie i roznieciwszy wesołe światło, znika jak cień.

I tak każdego dnia w roku. Czy na polach wiosna dyszy zapachem kwiatów, czy sroży się lipcowa burza, czy rozhukane na ulicach jesienne wichry miotają tumanami kurzu, czy w powietrzu kłębią się zimowe śniegi - on zawsze, skoro tylko nadejdzie wieczór, ze swym płomykiem przebiega miejskie chodniki, rozniecа światło, a potem znika jak cień.

Skąd się ty bierzesz, człowieku, i gdzie kryjesz się, że nie znamy twoich rysów, ani słyszymy głosu? Czy masz ty żonę albo matkę, która czeka twego powrotu? Albo dzieci, które, pozostawiwszy w kącie twoją latarkę, wdzierają ci się na kolana i obejmują cię za szyję? Czy ty masz przyjaciół, którym opowiadasz swoje pociechy i zgryzoty, albo choć znajomych, z którymi mógłbyś porozmawiać bodaj o codziennych zdarzeniach?

Czy ty w ogóle posiadasz jaki dom, w którym by cię znaleźć można? imię, którym można by ciebie zawołać? potrzeby i uczucia, które by cię robiły takim jak my człowiekiem? Czyli też jesteś naprawdę istotą bezkształtną, milczącą i nieujętą, co ukazuje się tylko o zmroku, rozniecа światło, a potem znika jak cień?

Odpowiedziano mi, że jest to naprawdę człowiek, a nawet dano jego adres. Poszedłem do wskazanego domu i zapytałem stróża:

- Czy u was mieszka ten, co zapala latarnie po ulicach?

- U nas.

- A gdzie?

- W tamtej komórce.

Komórka była zamknięta. Spojrzałem przez okno, alem tylko zobaczył tapczan przy ścianie, a obok niego na wysokim kiju latarkę. Latarnika nie było

- Powiedz mi przynajmniej, jak on wygląda?

- Kto go tam wie - odparł stróż wzruszając ramionami. - Sam go nawet dobrze nie znam - dodał - bo po dniu nigdy w izbie nie siedzi.

W. pół roku przyszedłem drugi raz.

- A dziś nie ma w domu latarnika?

- Oho! - rzekł stróż - nie ma i nie będzie. Wczoraj go pochowali. Umarł. Stróż zamyślił się. Zapytawszy o kilka szczegółów pojechałem na cmentarz.

- Pokażcie mi, grabarzu, gdzie tu wczoraj pochowano latarnika?

- Latarnika?... - powtórzył. - Kto go tam wie! Trzydziestu pasażerów było wczoraj.

- Ależ on pochowany w oddziale najuboższych.

- Takich zwaliło się dwudziestu pięciu.

- Ale on leżał w niemalowanej trumnie.

- Takich zwieźli szesnaście.

Tym sposobem nie poznałem ani twarzy, ani nazwiska, ani nawet nie widziałem jego grobu. I został tym po śmierci, czym był za życia: istotą widzialną tylko o zmroku, niemą i niepochwytną jak cień.

  W pomroce życia, gdzie po omacku błądzi nieszczęsny rodzaj ludzki, gdzie jedni rozbijają się o zawady, inni spadają w otchłań, a pewnej drogi nikt nie zna, gdzie na skrępowanego przesądami człowieka poluje zły przypadek, nędza i nienawiść - po ciemnych manowcach życia również uwijają się latarnicy. Każdy niesie drobny płomyk nad głową, każdy na swojej ścieżce rozniecia światło, żyje niepoznany, trudzi się nieoceniony, a potem znika jak cień...

OMYŁKA

Dom mojej matki stał na brzegu miasteczka, przy ulicy obwodowej, wzdłuż której mieściły się budynki gospodarskie, sad i ogród warzywny. Za domem ciągnęły się nasze grunta, zawarte między drogą boczną i pocztowym gościńcem. Ze strychu, gdzie znajdował się pokoik brata, w zwykłym czasie napełniony rupieciami, można było widzieć z jednej strony kościół, rynek, żydowskie sklepiki i starą kapliczkę Św. Jana, z drugiej - nasze pola, potem olszynę, dalej głębokie wąwozy zarośnięte krzakami, wreszcie - samotną chatę, o której ludzie wspominali z niechęcią, a niekiedy z przekleństwem. Miałem wówczas lat siedem i chowałem się przy matce. Była to kobieta wysoka i silna. Pamiętam jej twarz rumianą i energiczną, kaftan podpasany rzemieniem i pukające buty. Mówiła głośno i stanowczo, a pracowała od rana do nocy. O świcie była już na dziedzińcu i oglądała krowy, konie, kury - czy nie dzieje się im jaka krzywda i czy dostały jeść. Po śniadaniu szła w pole zbaczając do chorych, których w miasteczku nigdy nie brakło. Gdy wracała do domu, czekali na nią różni interesanci: jeden chciał kupić bydlątko, drugi pożyczyć zboża lub pieniędzy; ta radziła się o kaszlące dziecko, a tamta przyniosła na sprzedaż garstkę lnu. Prawie nie mogę wyobrazić sobie matki samotnej; zawsze kręcili się przy niej ludzie jak gołębie przy gołębniku, prosząc o coś lub za coś dziękując. Ona w całej okolicy wszystkich znała, wszystkim pomagała i radziła. Rzecz, zdaje się, niegodna wiary, a przecie tak było, że nawet ksiądz proboszcz i pan burmistrz przychodzili zasięgać jej zdania. Ona rozmawiała z nimi robiąc pończochę, a następnie, jak gdyby nic, biegła doić krowy. Umiała też w razie potrzeby zaprząc konie do wozu i wyjechać po snopy, a nawet drzewa narąbać. Wieczorami szyła bieliznę albo łatała moje odzienie, w nocy, gdy psy mocniej ujadały, zrywała się z łóżka i ledwie odziana w gruby szlafrok obchodziła budynki. Raz wystraszyła złodzieja.

Chłopi, panowie, dzieci, chorzy, zwierzęta, drzewa, nawet kamień przy wrotach - wszystko ją obchodziło. Tylko o chacie stojącej za naszymi połami nie wspominała nigdy. Jej mieszkańcy musieli być bardzo zdrowi i szczęśliwi, gdyż mama wcale nie zaglądała do nich.

Ojciec mój od kilku lat nie żył; pamiętam go o tyle, żem co dzień ofiarował Bogu pacierz za jego duszę. Raz, kiedym był bardzo senny i poszedłem spać bez pacierza, pokazała mi się w nocy dusza ojca na ścianie. Była jasnobiała, niewielka, z formy podobna do duszy w żelazku. Zląkłem się nadzwyczajnie i do rana przeleżałem z głową schowaną pod kołdrę. Nazajutrz powiedzieli mi, że to blask księżyca padał na ścianę przez serce wycięte w okiennicy. Od tej jednakże pory nigdy nie zapomniałem modlić się za Ojca.

Miałem tez brata o kilkanaście lat starszego ode mnie Przypominam go sobie jak przez mgłę, ponieważ widziałem go zaledwie parę razy w życiu. Wiem, że nosił czarny mundur ze złotymi guzikami i szafirowym kołnierzem i że sposobił się na doktora.

Nieraz, zdjęty ciekawością, wychodziłem na strych, ażeby przez najwyższy dymnik zobaczyć stolicę, gdzie uczył się brat, a przynajmniej miasto, gdzie mama jeździła po kilka razy na rok. Nieraz śledziłem pocztową bryczkę szybko jadącą w tamtą stronę. Bryczka i wiszący nad nią obłok kurzu ginęły w lesie, który wypełniał szczelinę między niebem i ziemią, a przede mną w dali stała tylko chata samotników, skulona i czająca się. Niekiedy słoneczne światło padało w jej okienka, wówczas nie mogłem oprzeć się złudzeniu, że widzę głowę dużego kota, który patrzy na mnie, jakby chcąc się rzucie. Ogarniał mnie strach i kryłem się za ramę dymnika ciesząc się, że teraz nie zobaczy mnie potwór. Wnet jednak ciekawość przemagała obawę, znowu wyglądałem i zapytywałem się w duchu - kto w chacie mieszka?... Czy to nie jest chałupka na kurzej nóżce, o której tyle słyszałem od prządek, i czy w mej nie siedzi czarownica zamieniająca ludzi w zwierzęta?...

Dzień za dniem upływał bardzo szybko. Ledwiem wstał, już trzeba się było kłaść, ledwiem się położył, już trzeba wstawać. Każdego prawie dnia chciałem coś zrobić, a gdy nadszedł wieczór, przypominałem sobie, żem nic nie zrobił. Czas uciekał jak podróżni, na których niekiedy patrzyłem przez okno mignęły komę, furman i nim poznałem, kto jedzie, już było widać tył bryczki. Mogę powiedzieć, że całe dzieciństwo spłynęło mi w jeden dzień.

Było jeszcze ciemno w pokoju, kiedy stara moja mamka weszła z brzemieniem drew i cicho położywszy je na podłodze, zaczęła układać polana w kominku. Matka siedziała już na łóżku szepcząc pacierz:
- "Zdrowaś, Panno Mario, łaski pełna " A jak tam na dworze,

Łukaszowa[7]

- Niczego - odpowiedziała mamka.
- "Pan z Tobą, błogosławionaś Ty.. " A Walek już wyjechał?
- Już musi jest za wrotami.

W okamgnieniu matka była ubraną i zdjąwszy ze ściany pęk kluczów z jelenim rożkiem, wyszła z alkierza. Z komina padły na pokój czerwone blaski, drzewo zatrzeszczało, ode drzwi pociągał rzeźwy chłód, a za oknami świergotały roje ptaków. Spocząłem na klęczącą przed kominem Łukaszową. Stara kobieta, w czepku z falbanami, podobną była do sowy, zwróciła ku mnie twarz koloru drzewa i okrągłe oczy i śmiejąc się rzekła:

- Już ci się chce zbytków!...

Udawałem, że śpię, lecz nagle ogarnęła mnie taka radość, nie wiem nawet z jakiego powodu, żem zerwał się z łóżka i jednym skokiem usiadłem na karku niańce. - A cóż to za zgryzota z tym chłopczyskiem - irytowała się baba spychając mnie na podłogę. - Idź zaraz do łóżka, ty sowizdrzale, bo się zaziębisz... Antoś mówię ci, idź, pókim dobra, bo pani zawołam.

Byłem znowu w łóżku. Wtedy mamka wzięła przed komin moją koszulę dzienną, aby ją wygrzać, a ja tymczasem zdjąłem nocną.

- Uuu!... ty bezwstydniku paskudny - gniewała się - żeby też taki duży chłopiec goło chodził... Nie ma to w oczach ambicji za grosz... No - czegóż się znowu ubierasz w nocną koszulę, kiej ci chcę włożyć dzienną?Antoś, ustatkuj ty się!...

Potem brała moje majtki, były one zeszyte razem z kaftanikiem. Ażeby ubrać się w nie, należało przez tylne wejście włożyć jedną nogę, potem drugą, a następnie wsuwać ręce w ciasne rękawy...

- Antoś! stójże spokojnie... - upominała mamka zapinając mi na plecach cztery guziki. - Teraz se siedź, trza cię obuć. Antoś! trzymaj nogę prosto, bo ci pończochy nie włożę... O, widzisz, znowu pęknięty trzewik i zerwany sznurek. Moje nieszczęście z tym chłopczyskiem. Antoś! nie kręć się, bo pani zawołam. Stójże, wiozę ci sukienkę A gdzie pasik? Patrzajcie go, pasik w łóżku... Jak będziesz taki dokucznik, to cię złapię kiedy i zaniosę do starego za olszynę. On ci da!...

- Oj! oj! a co on mi zrobi? - odpowiedziałem zuchwale.

- Nie bój się, nie takim on robił, co ich pogubił do śmierci Niech Bóg broni każdego grzesznego.

- Ten stary?

- Jużci, on.

- Ten, co mieszka w chałupce?[7]

- Jużci, tak.
- Za naszymi polami?
- A ino.
- On sam mieszka? - pytałem zaciekawiony.
- Któż by z mm mieszkał? Od takiego to i złodziei ucieka.
- Cóż on za jeden?
- A licho go wie, chorobę! Zdrajca, i tyle. Tfu! w imię Ojca i Syna -
mruczała baba spluwając. - Ma kogo spotkać nieszczęście, lepiej
niech jego spotka. Mów pacierz, dziecko, już śniadanie gotowe.
Ukląkłem i mówiąc pacierz spluwałem za siebie jak Łukaszowa,
bo mi wciąż na myśl przychodził niedobry człowiek, z którym
nawet złodzieje nie chcą mieszkać.
Poszedłem do spiżarni ucałować ręce matki, a tymczasem
Łukaszowa zaniosła mi do jadalnego pokoju sitny chleb i talerz
żurku zatartego czosnkiem i zasypanego kaszą hreczaną. Zjadłem
go z pośpiechem i zaraz wybiegłem na dziedziniec wystrugać
pałasz z gonta. Nimem wyszukał deseczkę, rumem wyostrzył nóż i
zatamował krew ze skaleczonego palca, patrzę - a tu wlecze się
pan Dobrzański.
"To nieprawda, ażeby już była jedynasta" - pomyślałem
rozgniewany i uciekłem schować się za stajnią. Lecz nim
ochłonąłem z prędkiego biegu, już słyszę niańkę, jak woła
wniebogłosy:
- Antoś! Antoś! pan nauczyciel przyszedł.
- Nie pójdę! - krzyknąłem pokazując w tamtym kierunku język.
Wtem odezwała się mama:
- Antoś! do nauki..
Boże, jaki byłem zły w tej chwili. No, ale co robić? Wyszedłem
spoza stajni i wlokłem się do domu pragnąc, ażeby mi się droga
wyciągnęła, jak stąd do stolicy. I dziwna rzecz, droga istotnie
trochę się wydłużyła.
Zacząłem przez okno do pokoju jadalnego myśląc, iż może stało
się coś takiego, że pan Dobrzański zniknął. Gdzie tam. Siedzi przy
stole jak straszydło, w swoim surducie, z wysoką czupryną, z
kołnierzykami do skroni, z szyją długą jak biczysko okręcone w
czarną chustkę. Już wydobywa mosiężne okulary i zaciska je na
nosie Z prawej strony na stole czerwona chustka, z lewej -
brzozowa tabakierka z rzemykiem... Boże, że też nie ma sposobu
na takiego człowieka!... Przychodzi rano i po południu jak zmora, a
ja nic zrobić nie mogę przez niego.
Wszedłem do pokoju i niedbale pocałowawszy w rękę pana

Dobrzańskiego, zacząłem wyciągać z szuflady książki i kajety. Szło to bardzo powoli, lecz nareszcie - skończyło się. Usiadłem do lekcji. Dziś już nie wyobrażam sobie, jakim sposobem wytrzymywałem dwie godziny strasznej męki nazywającej się lekcją. Byłem jak ptak przywiązany nitką za nogę. Ilem ja razy chciał zerwać się, wyskoczyć za okno i uciekać, gdzie oczy poniosą. Kręciłem się, jakbym siedział na szczotce do czesania lnu, a niekiedy z rozpaczy tak machałem nogami, żem uderzał w dno stołu. Wtedy siwy surdut pana Dobrzańskiego, a później jego głowa, osadzona na wysokiej szyi, zwracały się w moją stronę. Czerwieniłem się i cichłem czując nad sobą okrągłe okulary i niebieskie oczy patrzące przez wierzch szkieł - i już byłem od świętej pamięci spokojny, kiedy pan Dobrzański zaczynał:

- A to co za hałasy? Nie wiesz, że jesteś na lekcji i powinieneś zachowywać się jak w kościele? Mówiłem ci to już nieraz...

Potem brał tabakierkę z brzozowej kory, strzelał w mą palcami, ciągnął za rzemyk, zdejmował wieko, zażywał tabakę i znowu strzeliwszy z palców kończył:

- Ośle jakiś!...

Zdaje mi się, że największą dla mnie mękę stanowiły długie przerwy w upomnieniach pana Dobrzańskiego. Z góry wiedziałem, co powie, dziesięć razy powtórzyłem sobie to samo w myśli, a on - dopiero zaczynał, przerywał i znowu mówił dalej. Ciągnęło się to bez końca.

Nareszcie pan Dobrzański brał długi kajet, liniował go kantówką i w pierwszym wierszu z góry wypisywał mi jako wzór do kaligrafii:

"Ojczyzno moja, ty jesteś jak zdrowie..."

Temperował pióro, układał mi ręce i kajet na stole i przysuwał kałamarz.

Po czym obowiązany byłem ten sam wiersz przepisać sześć razy, głośno go powtarzając. Pan Dobrzański drzemał sobie teraz w fotelu, a ja śpiewającym głosem mówiłem:

"... Ojczyzno moja, ty jesteś..."

- "Jak zdrowie!" - wrzasnąłem głośno. Pan Dobrzański ocknął się.

- Dziękuję! - odparł poważnie. Zdawało mu się, że kichnął, więc utarł nos w czerwoną chustkę i znowu zażył tabaki.

Powtarzało się to prawie co dzień i stanowiło dla mnie jedyną rozrywkę przy lekcjach, tym bardziej iż kaligrafia wypadała zawsze na końcu.

Zaraz po nauce jedliśmy razem obiad. Niekiedy gospodyni spóźniała się, więc po kaligrafii następowało jeszcze powtarzanie

na wyrywki.
- Kto cię stworzył? - pytał pan Dobrzański.
- Bóg Ojciec.
- Do...brze. A ile jest części świata?
- Siedem: poniedziałek, wtorek...
- Źle, ośle!... Pytam o części świata.
- Pięć! pięć! Europa, Azja, Afryka, Ameryka, Oceania...
- Do...brze. A sześć razy dziewięć?
- Sześć razy siedem... sześć razy osiem, sześć razy dziewięć - pięćdziesiąt cztery.
- Do...brze. A kogo najbardziej powinieneś kochać na tym świecie?
- Boga, ojczyznę, mamę i brata, pana nauczyciela, a potem wszystkich ludzi.
- Do...brze - odparł pan Dobrzański. Chcąc uwolnić się od dalszych badań na wyrywki, raz zapytałem go:
- A Łukaszowę trzeba kochać?
- Mo...żna - odparł pan Dobrzański po namyśle.
- A Walka?,
Nauczyciel spojrzał przez wierzch okularów.
- Sam przecie mówiłeś, ośle jakiś, że - trzeba kochać wszystkich ludzi... Wszystkich.
Zwiesił głowę na piersi i po chwili rzekł głucho:
- Wszystkich - wyjąwszy tych, co nas zdradzili.
- A kto nas zdradził?
Pan Dobrzański jakby zaczerwienił się, wziął do ręki tabakierkę, lecz nagle postawił ją i odparł:
- Poznasz ich, gdy podrośniesz.
Z piersi jego wymknęło się westchnienie.
Musiała to być rzecz straszna, której mi nie wyjaśnił; zresztą, choć nic nie wiedziałem, czułem głęboki smutek na samą myśl o człowieku, którego nikt nie powinien kochać. Biedak ten mieszkał niedaleko nas, jego domek widywałem co dzień, lecz mimo to, gdybym go kiedy spotkał na drodze, nie mógłbym zdjąć przed nim czapki i powiedzieć: "Dzień dobry panu, a dlaczego pan tak dawno nie był u nas?..."
Jego u nas nikt nie wyglądał.
Gdy zegar wykukał pierwszą, wchodziła niańka do naszego pokoju ze stosem talerzy. Książki i kajety w okamgnieniu znikały ze stołu, a ich miejsce zajmował czerwony obrus w białe kwiaty i trzy nakrycia. Po chwili ukazała się mama, a za nią waza barszczu z uszkami i salaterka grochu.

Pan Dobrzański przywitał się z matką, a gdy zupa już była rozlaną, powstał i odmówił modlitwę: "Pobłogosław, Boże, nas i te dary, które z Twojej świętej szczodrobliwości pożywać mamy. Amen." Potem siadaliśmy i jedli milcząc. Nim wnieśli drugą potrawę, mama zapytała:

- Cóż, panie Dobrzański, jak się dziś Antoś sprawował? Nauczyciel pokiwał głową, popatrzył na mnie apatycznym wzrokiem i odparł:
- Tak - jak to on.
- A co słychać na świecie?

Pan Dobrzański poprawił stojącego czuba włosów i rzekł nieco ożywiony:
- Mówią na poczcie, że Francuz zaczyna się ruszać.
- Czegóż on chce?
- Jak to czego, mościa dobrodziejko?!... - zawołał stary głosem pełnym energii. - Cóż to, pani nie wie? Wojny chce...
- A nam co z tego?

Pan Dobrzański rzucił się na fotelu.
- Och, nie gadałabyś pani takich rzeczy przy dziecku! Co nam z tego? Nam wszystko z tego, i basta...
- Zobaczymy, zobaczymy - odpowiedziała mama.
- Rozumie się, zobaczymy!...- powtórzył stary z uniesieniem. - Tu niedługo ludzie przestaną w Boga wierzyć! - dodał.

Oczy mu błyszczały, a na zwiędłą twarz wystąpił silny rumieniec. Wziął w rękę nóż i począł dzwonić w talerz.
- Dałby Bóg - rzekła znowu matka - żeby się wróciły dobre czasy.
- Niech no by nie dał! - mruknął starzec zaciskając nóż w pięści.

Matka spojrzała mu ostro w oczy.
- Co pan mówi, panie Dobrzański?... Nauczyciel z gniewem ujął się ręką pod boki.
- A pani co mówi?...

Może byliby się pokłócili. Szczęściem niańka wniosła duży półmisek pachnącej kiełbasy z sosem i drugi - tartych kartofli ze słoniną.

Nastała cisza i przetrwała do końca obiadu, na zaokrąglenie którego mama i pan Dobrzański wypili po szklance piwa.

Niańka sprzątnęła półmiski. Powstaliśmy z krzeseł, a nauczyciel mówił:

"Dziękujemy Ci, Boże, za posiłek nam udzielony; bądź błogosławion w darach i we wszystkich dziełach Twoich. Amen!"

Szybko pocałowałem w rękę mamę i pana Dobrzańskiego i wybiegłem na podwórko. W chwilę potem, ukryty za płotem, widziałem, jak nauczyciel w wysokiej rogatej czapce dreptał ku swemu domowi opierając się na zakrzywionym kiju.

W dnie świąteczne, osobliwie podczas długich wieczorów, było u nas bardzo wesoło. Przychodził ksiądz proboszcz z siostrą, niziutki i okrągły pan burmistrz z żoną i trzema córkami, staruszka pani majorowa z dwoma wnuczkami, pan pocztmajster, kasjer, sekretarz magistratu i sekretarz z poczty. Starsi siadali do kart, młodzi grali w loteryjkę, w cenzurowanego, w ślepą babkę, a wszystko z ogromnym krzykiem. Znudzili się tym jednak bardzo prędko, więc najładniejsza panna burmistrzówna poprosiła pana kasjera, ażeby im zagrał do tańca.

- Dajcież mi, państwo, spokój - bronił się kasjer-nie wziąłem nawet gitary z domu.
- To poszlemy po nią! - wołały panny.
- Gitara jest już w kuchni! - odezwałem się nieproszony. Wszyscy w śmiech, pan kasjer chciał mnie pociągnąć za ucho, ale dwie panny schwyciły go za ręce, a tymczasem pan sekretarz wybiegł z pokoju i za chwilę przyniósł gitarę - w zielonej koszulce. Kasjer wciąż się bronił.
- Moi państwo - mówił - na gitarze nie gra się do tańca, to za poważny instrument...

Ale swoją drogą już próbował dźwięku strun i kręcił kołeczki.

Było pięć panien, a nas, kawalerów, tylko trzech; więc choć sprowadziliśmy do pomocy jeszcze pana pocztmajstra, niemało każdy miał roboty. Czasem moja matka znalazłszy chwilę wolną od zajęcia przy kolacji wyręczała pana kasjera w graniu, a on tańczył. Trwało to jednak niedługo, ponieważ panny mówiły, że mama grywa same stare polki i walce.

Na kolacją podawano herbatę, zrazy z kaszą, czasami gęś pieczoną. Ogólne jednak zadowolenie dosięgało szczytu wówczas, gdy wnieśli krupnik. Była to gorąca wódka z miodem, zaprawiona goździkami i cynamonem. Dostawałem i ja tego specjału pół kieliszka, a gdym wypił, robił się ze mnie inny człowiek. Raz zdawało mi się, że już jestem zupełnie dorosły. Zacząłem mówić **ty** panu sekretarzowi magistratu, później oświadczyłem się po cichu starszej wnuczce pani majorowej, a nareszcie - zacząłem chodzić na rękach tak ładnie, że zarumieniony pan burmistrz powiedział, iż jestem chłopiec nadzwyczajnych zdolności.

- To będzie wielki człowiek!... - wołał uderzając ręką w stół. Alem reszty już nie dosłyszał, bo mama w tej chwili kazała mi iść spać.

Była to dla mnie wielka zgryzota, gdyż po kolacji, na zakończenie wieczoru, pan kasjer śpiewał przy gitarze.

Pamiętam go jak dziś. Był to człowiek dość młody. Miał trochę niższe kołnierzyki aniżeli pan Dobrzański, ale za to wyższą czuprynę. Chodził w ciemnozielonym surducie z krótkim stanem, w niebieskich spodniach ze strzemiączkami i z fartuszkiem i w aksamitnej kamizelce w pąsowe kwiaty. Na szyi nie nosił chustki, tylko halsztuch.

Stawiano mu krzesło na środku pokoju. Siadłszy na nim zakładał nogę na nogę, dostrajał gitarę, odchrząknął i zaczynał:

Idę na szczyty Kaukazu,
Tak wyrok boski zażądał;
Może tam zginę od razu,
Już cię nie będę oglądał.

- Za pozwoleniem! - przerwał pan burmistrz. - Wyjrzyj no, panie sekretarzu, czy kto nie podsłuchuje pod oknem.

Pan sekretarz zapewnił, że nikt nie podsłuchuje, a pan kasjer po przegrywce śpiewał dalej:

Może pójdę do niewoli,
Między dzikie ludożercę -
Któż mnie pocieszy w niedoli,
Jeśli nie ty, lube serce?...

W tej chwili średnia panna burmistrzówna trąciła starszą.

- To do ciebie, Jadziu - szepnęła.

- Moja Meciu! - zgromiła ją siostra rumieniąc się. Gdy pan kasjer skończył jedną pieśń - proszono go o drugą. Następowała całkiem nowa przygrywka i wiersz:

Wiatrem i śniegiem pędzony,
Gdzie lecisz, ptaszyno mały?
Może zabłądzisz w te strony,
Które mnie dziecięciem znały?

Ach, powiedz mojej rodzinie,
Czy ich to nieszczęście smuci?
Uważaj, czy łza popłynie,
Gdy szepniesz - syn już nie wróci!...

- "Gdy szepniesz - syn już nie wróci..." - powtórzyła pani majorowa drżącym głosem. - Ślicznie! ślicznie! - wołała staruszka.

Po tej pieśni panny zgiełkliwie domagały się, ażeby śpiewał:
Lecą liście z drzewa...
Pan kasjer uderzył kilka nowych tonów na gitarze, znowu odchrząknął i śpiewał nieco zniżonym głosem:
Lecą liście z drzewa (*ciszej*), co tam rosły wolne.

Na mogile śpiewa jakieś ptaszę polne:
Nie było, nie było (*ciszej*), Matko, szczęścia w tobie,
Wszystko się zmieniło, a twe dzieci w grobie.
W pokoju było cicho jak w kościele, tylko pani majorowa szlochała. Nagle pan burmistrz schwycił się za głowę.

- Za pozwoleniem! wyjrzyj no, panie sekretarzu, na dziedziniec, czy czasem ten... nie podsłuchuje pod oknem...
Sekretarz wybiegł, a obecni coś szeptali między sobą. Na dziedzińcu nie było nikogo.

- No - rzekł skończywszy pan kasjer - teraz zaśpiewam państwu coś bardzo zakazanego.

- Bój się Boga, człowieku - przerwał mu pan burmistrz - nie gub zacnej kobiety, która nas tak gościnnie przyjmuje... -I wskazał na moją matkę.
Matka niedbale skinęła ręką.

- Ach! - odparła - niech robią, co chcą. Tyle naszego, że czasem piosenki wysłuchamy.

- Dobrze, że pani nic nie zrobią - mówił burmistrz - ale tu jest ksiądz proboszcz, urzędnik stanu cywilnego...

- Ja się tylko Boga boję - mruknął ksiądz.

- No, więc - ja jestem burmistrz... a jeżeli mi się stanie co złego, kto będzie opiekować się moimi dziećmi?

- Nie ma strachu - rzekł proboszcz. - Nigdy zresztą nie widziałem, ażeby ten tam... podsłuchiwał pod oknami.

- Nie potrzebuje chodzić pod oknami, bo jego dom stąd o trzy kroki - upierał się zmartwiony burmistrz.

- O wiorstę i dwieście sążni od poczty - wtrącił pocztmajster.

- Więc przynajmniej - nie drzyj się pan, śpiewaj cicho -zwrócił się burmistrz do kasjera.

- Cóż znowu tatko mówi! - oburzyła się najstarsza córka. - Jak można taki piękny śpiew nazywać darciem się?...

- Już to pan prezydent kroi na naczelnika powiatu - wtrącił ironicznie pan kasjer. - Nie ma strachu, nie ma! Jeżeli kto, to ja powinien bym na j pierwej paść ofiarą...

- I padniesz, padniesz!... - odparł burmistrz. - To największy w mieście rewolucjonista - szepnął do księdza.
Pan kasjer zadowolony publicznym uznaniem jego rewolucyjności wyprężył nogi tak, że wydawały się jeszcze cieńsze niż zwykle. Utopił wzrok w starszej pannie burmistrzównie i śpiewał półgłosem:
Już w gruzach leżą Maurów posady,

Naród ich dźwiga żelaza;
Bronią się jeszcze twierdze Grenady,
Ale w Grenadzie zaraza.
Broni się jeszcze z wież Alpuhary
Almanzor z garstką rycerzy...
- Prześliczne! - zawołały panny chórem, patrząc na wywrócone
oczy pana kasjera.
- Co to jest? - spytał niespokojnie pan burmistrz.
- Mickiewicz! - odpowiedział pan kasjer.
- Mic-kie-wicz?... Przepraszam państwa, ale - wychodzę! Ja -mówił
pan burmistrz bijąc się w piersi - ja zbyt wiele chcę zrobić dla
kraju, ażebym miał ginąć za wiersze.
- Cóż pan widzisz złego w tej piosence? - zapytał niecierpliwie
proboszcz.
- Co?... jegomość tak dobrze wie o tym jak ja! - odparł pan
burmistrz. - A nuta?... Nuta, panie, jest taka, że gdyby mi ją zagrała
kiedy kapela wojskowa, pierwszy, panie, wyszedłbym na rynek w
czerwonej konfederatce. Tak! Niechby mnie zastrzelili, porąbali,
roztratowali...
- Czyś zwariował, Franiu! - krzyknęła pani burmistrzowa.
- Taki jestem! - wołał zaperzony prezydent. - W razie, czego Boże
nie dopuść, wojny wszystkie tutejsze zuchy wlezą w kąt, ale ja
pokażę, co umiem.
- Franiu! tobie się w głowie przewraca - mitygowała go żona.
- Jestem zupełnie przytomny - rzucał się pan burmistrz - ale chcę,
żeby tu wszyscy wiedzieli, do czego dojdzie, jeżeli mnie
podrażnicie! Jestem jak bomba, co dopóki leży spokojnie, można ją
nogą kopać, ale rzuć iskrę... Chryste, ratuj!...
Mówiąc tak podniesionym głosem, pan burmistrz kręcił się jak
bąk między krzesłami. O ile sobie jednak przypominam, jego
niebezpieczne męstwo nie robiło wrażenia. Ksiądz proboszcz
machał koło ucha ręką, a pan kasjer niedbale brząkał na gitarze w
takt wykrzykników pana burmistrza. Tylko moja matka życzliwie
kiwała głową, a spłakana pani majorowa wśród powodzi jego słów
zdawała się zasypiać.
- No, moi państwo - odezwał się pan pocztmajster - czas do domu.
Już dziesiąta.
- Czy być może? - zdziwił się pan kasjer, któremu, ile razy śpiewał,
czas wydawał się za krótki.
Jakby w odpowiedzi, zegar wykukał dziesiątą. Panie były
przestraszone tak późną godziną i wszyscy zabrali się do wyjścia.

Gdy niańka włożywszy mnie do łóżka zagasiła świecę, zobaczyłem po raz drugi, jakby na jawie, całe wieczorne zebranie: ruchliwą figurkę pana burmistrza i żółte wstążki u czepka pani majorowej, i pana pocztmajstra, i pana sekretarza, i wszystkie panny. Goście kręcili się gorączkowo, rozprawiali, śpiewali, pan burmistrz straszył ich swoją odwagą, pan kasjer grał na gitarze, zupełnie jak w rzeczywistości. Ta tylko była różnica, iż między .zgromadzonymi widziałem jakiś cień, niby owego człowieka, którego na próżno pan sekretarz szukał za oknem. Chciałem go wskazać matce, ale nie mogłem podnieść ręki. Cień tymczasem snuł się po pokoju, cichy, nieujęty i dla nikogo oprócz mnie niewidzialny.

Potem wszystko znikło, a gdym otworzył oczy, zobaczyłem przed kominem Łukaszowę, która śmiejąc się do mnie bezzębnymi ustami, mówiła: .

- Oho! już ci się chce zbytków...

To był ranek. Anim się spostrzegł, żem już przespał noc po zabawie.

Z LEGEND DAWNEGO EGIPTU

Patrzcie, jak marne są ludzkie nadzieje wobec porządku świata; patrzcie, jak marne są wobec wyroków, które ognistymi znakami wypisał na niebie Przedwieczny!... Stuletni Ramzes, potężny władca Egiptu, dogorywał. Na pierś mocarza, przed którego głosem pół wieku drżały miliony, padła dusząca zmora i wypijała mu krew z serca, siłę z ramienia, a chwilami nawet przytomność z mózgu. Leżał, jak powalony cedr, wielki faraon na skórze indyjskiego tygrysa, okrywszy nogi triumfalnym płaszczem króla Etiopów. A surowy nawet dla siebie, zawołał najmędrszego lekarza ze świątyni w Karnaku i rzekł:

- Wiem, że znasz tęgie lekarstwa, które albo zabijają, albo od razu leczą. Przyrządź mi jedno z nich, właściwe mojej chorobie, i niech mi się to raz skończy... tak albo owak.

Lekarz wahał się.

- Pomyśl, Ramzesie - szepnął - że od chwili twego zstąpienia z wysokich niebios Nil wylewał już sto razy; mogęż ci zadać lekarstwo, niepewne nawet dla najmłodszego z twoich wojowników?

Ramzes aż usiadł na łożu.

- Muszę być bardzo chory - zawołał - kiedy ty, kapłanie, ośmielasz się dawać mi rady! Milcz i spełnij, com kazał. Żyje przecież trzydziestoletni wnuk mój i następca, Horus. Egipt zaś nie może mieć władcy, który by nie dosiadł wozu i nie dźwignął oszczepu.

Gdy kapłan drżącą ręką podał mu straszne lekarstwo, Ramzes wypił je, jak spragniony pije kubek wody; potem zawołał do siebie najsłynniejszego astrologa z Tebów i kazał szczerze opowiedzieć, co tam pokazują gwiazdy.

- Saturn połączył się z księżycem - odparł mędrzec - co zapowiada śmierć członka twojej dynastii, Ramzesie. Złe zrobiłeś pijąc dzisiaj lekarstwo, bo puste są ludzkie plany wobec wyroków, które na niebie zapisuje Przedwieczny.

- Naturalnie, że gwiazdy zapowiedziały moją śmierć - odparł Ramzes. - I kiedyż to może nastąpić? - zwrócił się do lekarza.

- Przed wschodem słońca, Ramzesie, albo będziesz zdrów jak nosorożec, albo twój święty pierścień znajdzie się na ręku Horusa.

- Zaprowadźcie - rzekł Ramzes cichnącym już głosem -Horusa do sali faraonów; niech tam czeka na moje ostatnie słowa i na pierścień, ażeby w sprawowaniu władzy ani na chwilę nie było przerwy.

Zapłakał Horus (miał on serce pełne litości) nad bliską śmiercią dziada; ale że w sprawowaniu władzy nie mogło być przerwy, więc poszedł do sali faraonów, otoczony liczną zgrają służby.

Usiadł na ganku, którego marmurowe schody biegły w dół, aż do rzeki, i pełen nieokreślonych smutków przypatrywał się okolicy.

Właśnie księżyc, przy którym tliła się złowroga gwiazda Saturn, złocił spiżowe wody Nilu, na łąkach i ogrodach malował cienie olbrzymich piramid i na kilka mil wokoło oświetlał całą dolinę. Mimo późnej nocy w chatach i gmachach płonęły lampy, a ludność pod otwarte niebo wyszła z domów. Po Nilu snuły się łódki, gęsto, jak w dzień świąteczny; w palmowych lasach, nad brzegami wody, na rynkach, na ulicach i obok pałacu Ramzesa falował niezliczony tłum. A mimo to była cisza taka, że do Horusa dolatywał szmer wodnej trzciny i jękliwe wycie szukających żeru hien.

- Czemu oni tak się gromadzą? - spytał Horus jednego z dworzan, wskazując na niezmierzone łany głów ludzkich.

- Chcą w tobie, panie, przywitać nowego faraona i z twoich ust usłyszeć o dobrodziejstwach, jakie im przeznaczyłeś.

W tej chwili pierwszy raz o serce księcia uderzyła duma wielkości, jak o stromy brzeg uderza nadbiegające morze.

- A tamte światła co znaczą? - pytał dalej Horus.

- Kapłani poszli do grobu twej matki, Zefory, ażeby zwłoki jej przenieść do faraońskich katakumb.

W sercu Horusa na nowo wzbudził się żal po matce, której szczątki - za miłosierdzie okazywane niewolnikom - srogi Ramzes pogrzebał między niewolnikami.

- Słyszę rżenie koni - rzekł Horus nasłuchując. - Kto wyjeżdża o tej godzinie?

- Kanclerz, panie, kazał przygotować gońców po twojego nauczyciela, Jetrona.

Horus westchnął na wspomnienie ukochanego przyjaciela, którego Ramzes wygnał z kraju za to, że w duszy wnuka i następcy szczepił odrazę do wojen, a litość dla uciśnionego ludu.

- A tamto światełko za Nilem?...

- Tamtym światłem, o Horusie! - odparł dworzanin - pozdrawia cię z klasztornego więzienia wierna Berenika. Już arcykapłan wysłał po nią łódź faraońską; a gdy święty pierścień błyśnie na twojej ręce, otworzą się ciężkie drzwi klasztorne i powróci do ciebie, stęskniona i kochająca.

Usłyszawszy takie słowa Horus już o nic nie pytał; umilkł i zakrył oczy ręką.

Nagle syknął z bólu.

- Co ci jest, Horusie?

- Pszczoła ukąsiła mnie w nogę - odparł pobladły książę.

Dworzanin przy zielonawym blasku księżyca obejrzał mu nogę.

- Podziękuj Ozyrysowi - rzekł - że to nie pająk, których jad o tej porze bywa śmiertelny.

O! jakże mamę są ludzkie nadzieje wobec niecofnionych wyroków...

W tej chwili wszedł wódz armii i skłoniwszy się Horusowi powiedział:

- Wielki Ramzes czując, że mu już stygnie ciało, wysłał mnie do ciebie z rozkazem: "Idź do Horusa, bo mnie niedługo na świecie, i spełniaj jego wolę, jak moją spełniałeś. Choćby kazał ci ustąpić górny Egipt Etiopom i zawrzeć z tymi wrogami braterski sojusz, wykonaj to, gdy mój pierścień ujrzysz na jego ręce, bo przez usta władców mówi nieśmiertelny Ozyrys."

- Nie oddam Egiptu Etiopom - rzekł książę - ale zawrę pokój, bo mi żal krwi mego ludu; napisz zaraz edykt i trzymaj w garści konnych gońców, aby gdy błysną pierwsze ognie na cześć moją, polecieli w stronę południowego słońca i zanieśli łaskę Etiopom. I napisz jeszcze drugi edykt, że od tej godziny aż do końca czasów żadnemu jeńcowi nie ma być wyrywany język z ust jego na polu bitwy. Tak powiedziałem...

Wódz upadł na twarz, a potem cofnął się, aby pisać rozkazy; książę zaś polecił dworzaninowi znowu obejrzeć swoją ranę, gdyż bardzo go bolała.

- Trochę spuchła ci noga, Horusie - rzekł dworzanin. - Cóż by się stało, gdyby zamiast pszczoły ukąsił cię pająk!...

Teraz wszedł do sali kanclerz państwa i skłoniwszy się księciu, mówił:

- Potężny Ramzes widząc, że już mu się wzrok zaćmiewa, odesłał mnie do ciebie z rozkazem:, Idź do Horusa i ślepo spełniaj jego wolę. Choćby ci kazał spuścić z łańcucha niewolników, a lud obdarować wszystką ziemią, uczynisz to, gdy zobaczysz na jego ręce mój święty pierścień, bo przez usta władców mówi nieśmiertelny Ozyrys."

- Tak daleko nie sięga serce moje - rzekł Horus. - Ale zaraz napisz mi edykt, jako ludowi zniża się czynsz dzierżawny i podatki o połowę, a niewolnicy będą mieli trzy dni na tydzień wolne od pracy i bez wyroku sądowego nie będą bici kijem po grzbietach. I jeszcze napisz edykt odwołujący z wygnania mego nauczyciela, Jetrona, który jest najmędrszym i najszlachetniejszym z Egipcjan. r

Tak powiedziałem...

Kanclerz upadł na twarz, lecz nim zdążył cofnąć się dla napisania edyktów, wszedł arcykapłan.

- Horusie - rzekł - lada chwila wielki Ramzes odejdzie do państwa cieniów i serce jego na nieomylnej szali zważy Ozyrys. Gdy zaś święty pierścień faraonów błyśnie na twojej ręce, rozkazuj, a słuchać cię będę, choćbyś obalić miał cudowną świątynię Amona, bo przez usta władców mówi nieśmiertelny Ozyrys.

- Nie burzyć - odparł Horus - ale wznosić będę nowe świątynie i zwiększać skarbiec kapłański. Żądam tylko, abyś napisał edykt o uroczystym przewiezieniu zwłok matki mojej, Zefory, do katakumb i drugi edykt... o uwolnieniu ukochanej Bereniki z klasztornego więzienia. Tak powiedziałem...

- Mądrze poczynasz - odparł arcykapłan. - Do spełnienia tych rozkazów wszystko już przygotowane, a edykty zaraz napiszę; gdy ich dotkniesz pierścieniem faraonów, zapalę tę oto lampę, aby zwiastowała ludowi laski, a twojej Berenice wolność i miłość.

Wszedł najmędrszy lekarz z Karnaku.

- Horusie - rzekł - nie dziwi mnie twoja bladość, gdyż Ramzes, dziad twój, już kona. Nie mógł znieść potęgi lekarstwa, którego mu dać nie chciałem, ten mocarz nad mocarze. Został więc przy nim tylko zastępca arcykapłana, aby gdy umrze, zdjąć święty pierścień z jego ręki i tobie go oddać na znak nieograniczonej władzy. Ale ty bledniesz coraz mocniej, Horusie?... - dodał.

- Obejrzyj mi nogę - jęknął Horus i upadł na złote krzesło, którego poręcze wyrzeźbione były w formę głów jastrzębich. Lekarz ukląkł, obejrzał nogę i cofnął się przerażony.

- Horusie - szepnął - ciebie ukąsił pająk bardzo jadowity.

- Miałżebym umrzeć?... w takiej chwili?... - spytał ledwie dosłyszalnym głosem Horus. A później dodał:

- Prędkoż to może się stać?... powiedz prawdę...

- Nim księżyc schowa się za tę oto palmę...

-.Ach, tak!... A Ramzes długo jeszcze żyć będzie?...

- Czy ja wiem?... Może już niosą ci jego pierścień. W tej chwili weszli ministrowie z gotowymi edyktami.

- Kanclerzu! - zawołał Horus chwytając go za rękę - czy . gdybym zaraz umarł, spełnilibyście moje rozkazy?...

- Dożyj, Horusie, wieku twego dziada! - odparł kanclerz. -Lecz gdybyś nawet zaraz po nim stanął przed sądem Ozyrysa, każdy twój edykt będzie wykonany, byłeś go dotknął świętym pierścieniem faraonów.

- Pierścieniem! - powtórzył Horus - ale gdzie on jest?...

- Mówił mi jeden z dworzan - szepnął naczelny wódz - że wielki Ramzes już wydaje ostatnie tchnienie.

- Posłałem do mego zastępcy - dodał arcykapłan - aby natychmiast, gdy Ramzesowi serce bić przestanie, zdjął pierścień.

- Dziękuję wam!... - rzekł Horus. - Żal mi... ach, jak żal... Ale przecież nie wszystek umrę... Zostaną po mnie błogosławieństwa, spokój, szczęście ludu i... moja Berenika odzyska wolność... Długo jeszcze?... - spytał lekarza.

- Śmierć jest od ciebie na tysiąc kroków żołnierskiego chodu -odparł smutno lekarz.

- Nie słyszycież, nikt stamtąd nie idzie?... - mówił Horus.

Milczenie.

Księżyc zbliżał się do palmy i już dotknął pierwszych jej liści; miałki piasek cicho szeleścił w klepsydrach.

- Daleko?... - szepnął Horus.

- Osiemset kroków - odparł lekarz - nie wiem, Horusie, czy zdążysz dotknąć wszystkich edyktów świętym pierścieniem, choćby ci go zaraz przynieśli...

- Podajcie mi edykty - rzekł książę nasłuchując, czy nie biegnie kto z pokojów Ramzesa. - A ty, kapłanie - zwrócił się do lekarza - mów, ile mi życia zostaje, abym mógł zatwierdzić przynajmniej najdroższe mi zlecenia.

- Sześćset kroków - szepnął lekarz. Edykt o zmniejszeniu czynszów ludowi i pracy niewolnikom wypadł z rąk Horusa na ziemię.

- Pięćset...

Edykt o pokoju z Etiopami zsunął się z kolan księcia.

- Nie idzie kto?...

- Czterysta... - odpowiedział lekarz. Horus zamyślił się i... spadł rozkaz o przeniesieniu zwłok Zefory.

- Trzysta...

Ten sam los spotkał edykt o odwołaniu Jetrona z wygnania.

- Dwieście...

Horusowi zsiniały usta. Skurczoną ręką rzucił na ziemię edykt o niewyrywaniu języków wziętym do niewoli jeńcom, a zostawił tylko... rozkaz oswobodzenia Bereniki.

- Sto...

Wśród grobowej ciszy usłyszano stuk sandałów. Do sali wbiegł zastępca arcykapłana. Horus wyciągnął rękę.

- Cud!... - zawołał przybyły. - Wielki Ramzes odzyskał zdrowie...
Podniósł się krzepko z łoża i o wschodzie słońca chce jechać na
lwy... Ciebie zaś, Horusie, na znak łaski, wzywa, abyś mu
towarzyszył...

Horus spojrzał gasnącym wzrokiem za Nil, gdzie błyszczało
światło w więzieniu Bereniki, i dwie łzy, krwawe łzy, stoczyły mu
się po twarzy.

- Nie odpowiadasz, Horusie?... -spytał zdziwiony posłaniec
Ramzesa.

- Czyliż nie widzisz, że umarł?... - szepnął najmędrszy lekarz z
Karnaku.

Patrzcie tedy, że marne są ludzkie nadzieje wobec wyroków, które
Przedwieczny ognistymi znakami wypisuje na niebie.

OPOWIADANIE LEKARZA

Kilkanaście lat tonu garstka "inteligentnych" warszawian zbierała się w pewnej cukierni. Schodziliśmy się nad wieczorem, pijaliśmy kawę i herbatę, jadaliśmy ciastka i lody i naturalnie rozmawialiśmy o wypadkach bieżących. Zebrania te nazywały się "giełdą", albowiem prawie każdy uczestnik przynosił z sobą nowiny i sprzedawał je towarzyszom - za inne nowiny, takiej samej wartości.

- Słyszeliście, że A. przegrał w karty trzy tysiące rubli i nie zapłacił?

- A czy wiecie, że B. zeszedł pana C. na bardzo czulej rozmowie ze swoją żoną?...

- Stare dzieje!... Ciekawe jest to, że pana E. przydybano na kasowych nadużyciach i będzie proces...

Nowin tych między innymi słuchał zazwyczaj milczący lekarz, nazwijmy go - Steckim. Spokojnie oglądał ilustracje i nagle wybuchnął krótkim śmiechem.

"Giełdziarze" umilkli, a jeden z. nich, może dotknięty śmiechem, zapytał:

- Cóż się to stało doktorowi?...

- Przypomniałem sobie pewne zdarzenie - odparł Stocki i w dalszym ciągu oglądał drzeworyty.

Śmiech jego zmroził towarzystwo. Przestano opowiadać sobie "wiadomości giełdowe", a poczęto rozmawiać o pogodzie. Wreszcie ten i ów podniósł się z krzesła, a po upływie kilku minut Zostaliśmy tylko we dwu: Stecki i ja.

- Przejdźmy się po ogrodzie - rzekł lekarz.

A gdy znaleźliśmy się w alei, dodał:

- My tu jednak nieźle oporządzamy bliźnich!... Gdyby opinie miały moc urzeczywistniania się, jedna połowa naszych znajomych musiałaby iść do kryminału, druga do grobu.

- Chyba zanadto pesymistycznie sądzisz pan nasze... zamiłowanie nowin. Prawda, że niekiedy powtarzamy niemożliwe i nawet ohydne pogłoski, ale robimy to w sposób tak oględny, tak nieledwie serdeczny, że chyba nikomu nie wyrządzamy krzywdy. Przypomnij pan sobie choćby dzisiejsze anegdoty. Wprawdzie jeden mówił, że E. przyłapano na kradzieży, ale ktoś drugi zaraz temu zaprzeczył, a trzeci wspominając o romansie pani B. z panem C. nie omieszkał dodać, że wiadomość ta robi wrażenie plotki.

- A jednak bywają nieszczęśliwi, których zabija plotka nawet opowiedziana z poprawkami i zastrzeżeniami - odparł zamyślony lekarz.

- Znał pan takiego nieszczęśliwca?... - spytałem.

- Prawie że znałem - odpowiedział i po chwili zaczął historię, którą tu wiernie powtarzam.

- -

Z małych przyczyn niekiedy rodzą się duże skutki. W marcu 187* roku, jako student piątego kursu medycyny, biegłem do szpitala, ażeby dowiedzieć się o rezultacie analizy zrobionej dla jednego z moich chorych.

Powtarzam: biegłem do szpitala, gdyż właśnie, podczas mojej wędrówki, ustępująca zima wysypywała resztę śniegu w postaci mokrych płatów padających tak gęsto, że przechodnie robili się podobnymi do białych niedźwiedzi. Gdyby nie ten śnieg, szedłbym znacznie wolniej, spóźniłbym się o parę minut i nie spotkałbym w szpitalnej sieni rzadko widywanego kolegi, zwanego Parmezanem, ponieważ chwalił się raz, że jego dziadek należał do farmazonów. Parmezan, przy pomocy szwajcara, oczyszczał swój wiotki paltocik ze śniegu wołając melodramatycznym głosem:

- Milion szkarlatyn i tyfusów!... Nie dość, że przemoczyłem nogi, ale jeszcze wpadła mi za kołnierz grudka śniegu. Brrr!...

Błysnął żółtawymi oczyma, otrząsnął się i poszliśmy razem na korytarz, właśnie w chwili kiedy po zawiei grudniowej w wysokich oknach szpitala ukazało się słońce prawie majowe.

- No spojrzyj, kolega - zawołał Parmezan - czy to podle słońce nie mogło wystąpić przed dziesięciu minutami ?...

Znowu otrząsnął się i tak energicznie tupnął w podłogę, że w korytarzu odpowiedziało dźwięczne echo. Na ten odgłos uchyliły się najbliższe drzwi i usłyszeliśmy upomnienie:,

- Cicho tam!... w szynku jesteście czy w stajni?... Jednocześnie ukazał się nasz gromiciel. Byt to kolega z powodu swojej figury przezwany Basetlą. Spostrzegłszy nas zamknął drzwi i rzekł prawie szeptem:

- Ach, to wy!... Wielki los wygraliście!... Pokażę wam tak piękny okaz suchotnika, że bez preparowania można go umieścić w gabinecie osteologicznym... Skóra i kości... Niech pęknę, jeżeli kiedy widziałem coś podobnego!...

- Cóż to za jeden?... - spytałem zaciekawiony.

- Wyobraźcie sobie, że jest to kolega medyk, z drugiego kursu. Odludek, pesymista, ale co za wściekła energia w tym facecie!

Jeszcze tydzień temu chodził na własnych nogach i udzielał marnie płatnych korepetycji. (Winszuję uczniom i ich rodzicom!) A kiedy nareszcie legł w barłogu, nikomu nie dal znać, że jest chory. Dopiero stróżka zawiadomiła rządcę domu, rządca policję, policja uniwersytet, no i dostaliśmy go tutaj, wątpię jednak, czy na dłużej niż tydzień. Dlatego radzę wam nasycić oczy widokiem jego szkieletu, dopóki jest w akcji...

- Jak on się nazywa?... - zapytał skrzywiony Parmezan.

- Szwarckopf... Szwarcman... czy coś w tym rodzaju. Zresztą nie pamiętam! - odparł Basetlą.

- Chyba zobaczymy go?... - odezwałem się do Parmezana.

- Jak chcesz - odparł nie okazując ciekawości. Weszliśmy. Chory nie leżał na ogólnej sali, lecz w pokoju oddzielnym. Ponieważ słońce znowu zgasło i śnieg zaczął padać, więc nie bez trudności dojrzałem na łóżku pacjenta. Wyglądał na człowieka dwudziestokilkuletniego, miał rude włosy, rudy zarost i ciemne głębokie oczy. Basetlą zbliżył się do niego i zaczął mówić:

- Nasz chory kolega wyobraża sobie, że ma wadę serca. Słuchałem go, ale nic nie znalazłem. Zbadajcie wy, może który co odkryje, choć jestem pewien, że tam nic nie ma. Kolega zdaje się być trochę zagłodzony i w tym tkwi źródło choroby; musiał za często praktykować posty, choć jest, Boże odpuść, kalwinem.

- Musi tam jednak być jakiś nieporządek w sercu - odezwał się chory stłumionym głosem. - Czuję to po pulsie, który jest za prędki i nieregularny.

"Szczęśliwe złudzenia!" - pomyślałem widząc, że tego biedaka chyba już nic nie uratuje.

- A teraz przekonamy się, co znajdą koledzy - rzeki Basetlą. -Poznajcież się... kolega Parmezan...

Usłyszawszy nazwisko chory rzucił się w łóżku i usiadł. Istotnie był przerażająco chudy. Utkwił oczy w Parmezanie i zawołał chrapliwym głosem:

- Musisz pan być kontent, co?... Jesteś bodaj że na piątym kursie, a ja nie mogę wygrzebać się na trzeci.

- Ależ, kolego... ja nic... - szepnął jakby tłumacząc się Parmezan.

- Niechże się to raz skończy!... - krzyczał chory. - Słuchajcie, panowie - zwrócił się do nas. - Słuchajcie... Jak Boga kocham... daję słowo honoru, że tamtego jabłka nie chciałem schować, tylko poprawiłem je na koszyku, ażeby nie spadło...

- Ależ, kolego... nikt o tym nie mówił... nikt nawet nie myślał!... - jąkał bardzo zmieszany Parmezan.

- Prześladowaliście mnie wszyscy... Przez was straciłem dwa lata, przez was musiałem uczyć największych osłów i biedaków!... - mruknął chory i upadł na poduszkę.

Po chwili zaczął szeptać:
- A mimo to skończę medycynę, choćbyście na łbach stawali!... Zresztą już zmienił się mój los. Już nie będę korepetytorem... Będę mieszkał w szpitalu... będę czytał kursa...

Nagle ukrył głowę pod kołdrę, z czego korzystając wymknęliśmy się, naprzód Parmezan, ja po nim, a za nami Basetlą.
- Cóż to znaczy?... Co znowu za jabłka?... - pytał Basetlą. Ale Parmezan machnął ręką i uciekł na salę gorączkową, gdzie miał pacjenta. Poszedłem i ja w stronę laboratorium, a Basetlą na pożegnanie przypomniał sobie, że jego chory nie nazywa się Szwarckopf, lecz Eisenfeder.

W kilka dni dowiedziałem się, że Eisenfeder stracił wzrok, a następnie, że umarł. Przez ten czas Parmezan nie pokazywał się, ale po pogrzebie zmarłego zaprosił mnie i Basetlę na piwo.

Gdyśmy się zebrali w piwiarni, w domu Rezlera, Basetlą odezwał się:
- Aczkolwiek nie mam ducha proroczego, lecz gotów jestem założyć się, że Parmezan uprzyjemni nam wieczór jakąś niezwykłą historią o zmarłym Eisenfederze... Musiałeś ty, owczy serku, zmalować tęgie świństwo, jeżeli zapraszasz nas na kolację, przypuszczam, że za pokutę!
- Niech cię diabli porwą, żeś nas zwabił do tamtego pokoju i w dodatku zapomniałeś nazwiska Eisenfedera!... - wybuchnął Parmezan uderzając kuflem w stół. - Twoje gapiostwo zatruło mi cały tydzień.
- Uważacie, jak się rozwija ten Twarożek! - odpowiedział Basetla. - Jednym uderzeniem kufla o stół załatwia dwa interesy: wyładowuje swoją wściekłość na mnie i daje znać kelnerce, ażeby przyszła. No, ponieważ usłyszymy jakąś bardzo wzruszającą historię, więc pozwolicie, ażebym przede wszystkim coś zamówił. Panienko!... proszę pieczeni wołowej z kapustą i kartoflami, za dusze zmarłe... A płaci ten pokutnik... - dodał wskazując Parmezana.
- Dla ciebie nie ma nic świętego!... - syknął Parmezan. - Proszę o schab z kartoflami, bez kapusty...

Ja zamówiłem także schab, a kiedy skończyliśmy naszą nie-wykwintną ucztę, Parmezan oparł łokcie na stole, brodę na ręku i westchnął:

- Nie ma co mówić, udawało mi się z tym nieborakiem Eisenfederem! Ale zacznę od początku.
- Byle nie od początku świata - wtrącił Basetla wykłuwając zęby.
Parmezan błysnął w jego stronę żółtawym okiem i prawił:
- Jak wiecie, ukończyłem gimnazjum w mieście X...
- No... no... tylko bez przechwałek! - wtrącił Basetla. Parmezan ze wzgardą ruszył ramionami i mówił dalej:
- W mieście X oprócz gimnazjum znajdowała się czteroklasowa szkoła realna, a kiedy ja chodziłem do pierwszej klasy gimnazjalnej, Eisenfeder uczęszczał do pierwszej klasy realnej. Był on synem rymarza, o czym wiem, gdyż jakiś czas mieszkaliśmy w tym samym domu. Znaliśmy się jednak z daleka i nie rozmawialiśmy z sobą, ponieważ gimnazjalistom nie wypadało wdawać się z "olejarzami". Tak nazywaliśmy realistów.
W jesieni roku 186* w mieście X urządzono wystawę rolniczą z próbami machin i wyścigami. Próby i wyścigi odbywały się, dajmy na to, za rogatką wschodnią, machiny stały przy rogatce zachodniej, obok koszar, zaś okazy zbóż, ogrodowin i owoców pomieszczono w sali popisowej naszego gimnazjum.
Był to początek roku szkolnego, więc miałem dosyć czasu i co dzień zwiedzałem wszystkie części wystawy. Przypatrywałem się próbom pługów, siewników i bron nowego typu za rogatkami wschodnimi; potem biegłem do koszar, ażeby po raz dziesiąty i piętnasty oglądać młynki, sieczkarnie i rozmaite machiny, których znaczenia nawet domyślić się nie mogłem. Zaś na ukoronowanie moich agronomicznych uciech łaziłem do sali gimnazjalnej, ażeby tam podziwiać olbrzymie buraki, marchew, kalafiory i kapustę.
Nie potrzebuję dodawać, że największą popularnością cieszyły się okazy istotnie pięknych owoców, między którymi wyróżniał się koszyk jabłek ciemnoamarantowej barwy. Muszę też nadmienić z przykrością, że co dzień, pomimo dozoru, ginął jakiś owoc. Pokazuje się, że...
- Że zakazane owoce smakują najlepiej - wtrącił Basetla. - Już znamy ten głęboki aforyzm!...
- Radzę ci wynajmować swój język do prania bielizny zamiast kijanki!... - burknął Parmezan i odetchnąwszy mówił dalej:
- Pewnego dnia, kiedy znowu szedłem do gimnazjum, rozumie się, nie na lekcję, tylko na wystawę, zobaczyłem przed szkołą zbiegowisko. Tłum, ciągle rosnący, kotłował się u drzwi głównych, w których policjant (czarny mundur z czerwonym kołnierzem, na głowie pikielhauba, przez ramię szabla na szerokim pasie) trzymał

za rękę jakiegoś chłopca w ubraniu cywilnym.

W pierwszej chwili nie mogłem poznać twarzy, chłopak bowiem zasłaniał się drugą ręką, trzęsąc się i płacząc tak rzewnie, że łzy wypływały mu spomiędzy palców. Ale gdy zbliżył się jakiś pan ?, zapytaniem: "Co się stało?..." - policjant oderwał chłopcu rękę od twarzy, a wówczas... poznałem Eisenfedera!

"Kradł jabłka na wystawie, proszę wielmożnego pana, więc kazali zaprowadzić go do ratusza" - objaśnił policjant.

"Jak mamę kocham... jak Bozię kocham... nie brałem jabłek!... - krzyczał chłopak bijąc się w piersi. - Ja chciałem tylko poprawić jabłko, żeby nie spadło, a pan Mateusz, woźny, powiedział, że kradłem..."

Owym jegomościa, który zatrzymał policjanta, był czcigodny D., nauczyciel matematyki, a zarazem inspektor szkoły realnej. Rozmówił się z obecnym przy awanturze członkiem zarządu wystawy i Eisenfedera uwolnił z rąk policjanta.

"Możesz iść do domu" - rzekł D.

Ale chłopak nie ruszył się z miejsca. Oparł się o ścianę i zasłoniwszy twarz obu rękoma, płakał, że się serce krajało, i powtarzał:

"Ja nie brałem... ja tylko chciałem poprawić jabłko. To pan Mateusz, który kłóci się z moimi rodzicami, przez zemstę nazwał mnie... O mój Boże..."

Zacny nauczyciel pogłaskał chłopca i odprowadziwszy go na bok, rzekł:

"Uspokój się, Eisenfeder, i idź do domu... Ja ci wierzę i mam nadzieję, że do jutra wyjaśni się nieporozumienie."

Istotnie sprawa wyjaśniła się o tyle, że znaleziono kilka osób, które widziały, iż Eisenfeder tylko dotknął jabłka leżącego na szczycie grupy, ale bynajmniej nie chował go do kieszeni.

- Dramat zakończony sielanką!... - rzekł Basetla.

- Zobaczysz, jaka to ładna sielanka - ciągnął Parmezan.

-Zapominasz, że na aresztowanie Eisenfedera patrzało kilkanaście osób i że chłopak miał kolegów, drugoklasistów. Dzieci zaś, jak wiadomo, niekiedy odznaczają się tygrysimi instynktami...

- I nie dzieci!... - wtrącił Basetla.

- Eisenfeder był usprawiedliwiony wobec władzy szkolnej, ale nie zdołał przejednać kolegów, którzy dla miłości sztuki dokuczania używali na nim, ile wlazło. Z całego szeregu prześladowań, jakim ulegał, najmniejszymi były dwa przezwiska: "wystawca" i "jabłecznik"... Niech tylko Eisenfeder nie ustąpił komu z drogi albo nie zrobił, czego żądano, wnet "obrażony" kolega rzucał słówko: "wystawca" albo "jabłecznik", i - miał zupełną satysfakcję. Eisenfeder czerwienił się, cofał, a niekiedy rzucał się na ławkę i oparłszy głowę na ręku, płakał... Toteż niewielu "kolegów" odmawiało sobie uciechy pobudzenia do łez Eisenfedera. Nikczemność lubi triumfować nad niedolą.

W rezultacie Eisenfeder musiał usunąć się ze szkoły i dopiero po upływie dwu lat wstąpił do trzeciej klasy. Ja tymczasem doszedłem do czwartej, piątej. Eisenfeder przeniósł się do gimnazjum, gdzie niekiedy spotykaliśmy się na korytarzu. Czy wiedział, że byłem świadkiem jego aresztowania?... nie jestem pewien. W każdym razie spotkawszy się ze mną rumienił się i spuszczał oczy.

Skończywszy gimnazjum zapisałem się do Szkoły Głównej, przeszedłem na drugi kurs medycyny i znowu spotkałem Eisenfedera będącego na pierwszym kursie. W tej epoce naszego koleżeństwa zdarzyły się dwa wypadki, o których zawsze myślę z żalem, chociaż nic nie byłem winien.

Pewnego dnia zetknęliśmy się w prosektorium; ja, już nie pamiętam, z kim, preparowałem nogę, a Eisenfeder przy drugim stole obrabiał głowę. Wtem, licho wie z jakiej racji, przyszedł mi koncept zapytać mego towarzysza: czy był na wystawie sztuk pięknych?... Eisenfeder, który widocznie usłyszał tylko wyraz: "wystawa", nagle zaczerwienił się i zwróciwszy się do mnie z zakrwawionym skalpelem, zapytał:

- O jakiej to "wystawie" pan mówi?...

Na moje szczęście odpowiedziałem naturalnym głosem:

- No, o wystawie Zachęty. Nie słyszałeś pan?.:. Eisenfeder popatrzył na mnie ze złością i na powrót wziął się do roboty. Ja zaś przypomniałem sobie jego wystawową awanturę i struchlałem pomyślawszy, że ten człowiek mógł posądzić mnie o zamiar szykanowania go...

Drugi raz zdarzyło się gorzej. Spotkałem Eiseniedera na obiedzie, wiecie, u Janowej. Diabli nadali, że usiadł przy mnie Jeżozwierz, który po czarnej kawie wydobył z kieszeni kilka jabłek amarantowego koloni i zaczął nimi częstować naprzód mnie, potem Eisenfedera.

- Jedz kolego - mówił - to bardzo zdrowe po obiedzie... Co za głupi koncept i skąd mu przyszedł do łba! Eisenfeder na widok owocu, który zapewne przypomniał mu wystawę rolniczą w X, zerwał się od stołu, spojrzał na mnie oczyma pełnymi łez i zapłaciwszy

Janowej za obiad, wyszedł. W kilka zaś dni dowiedziałem się, że wziął urlop i wyjechał na wieś, na guwernerkę. Było mi wściekle przykro, ponieważ jestem pewny, że posądzał mnie o opowiadanie jego nieszczęścia na wystawie.

Tu Parmezan umilkł i napił się piwa. Po chwili zapytał go Basetla:

- Więc według twojej hipotezy, Parmezanku, Eisenfeder dlatego wyjechał na guwernerkę, że Jeżozwierz poczęstował go bardzo czerwonymi jabłkami?... A czy wypadkiem ty, filantrop, czy wypadkiem nie opowiedziałeś komu jego niemiłej historii?...

Parmezan zmieszał się...

- Czy ja pamiętam?... Może i opowiedziałem coś Jeżozwierzowi, ale... pod największym sekretem i nigdy w tym sensie, że Eisenfeder kradł jabłka, tylko że spotkało go takie dziwne zdarzenie.

- Tak... tak!... musiałeś coś. Twarożku, chlapnąć językiem, naturalnie pod największym sekretem, o Eisenfederze, a zaraz powiem ci dlaczego. Pamiętam, w tej chwili przypomniałem sobie, że w roku, kiedy Szkołę Główną zamieniono na uniwersytet, rozeszła się pod największym sekretem pogłoska o jakimś medyku drugokursiście, który w gimnazjum kradł jabłka, a później zegarki. Ludzie nie tylko powtarzali twoje słowa, ale jeszcze awansowali bursza na kompletnego złodzieja!... Toteż nie dziwię się, że wówczas wyjechał na guwernerkę, a później unikał kochanych bliźnich jak psów wściekłych... Za twoje zdrowie, Parmezanku!...

Basetla wypił kufel piwa, a Parmezan tłumaczył się bardzo strapiony:

- To nie może być!... Ja nic podobnego nie mówiłem o Eisenfederze... Ja go nawet broniłem...

- Tylko już mnie nigdy nie broń w ten sposób!... - szydził Basetla.

- -

Stecki przerwał opowiadanie, zatrzymał się w alei i po dłuższej pauzie dodał:

- Na świecie robi się tak, że jedni powtarzają plotkę, choćby o niewinnym, inni bronią oskarżonego, rozumie się, specjalnym stylem, wszyscy zaś razem budują stos, na którym opala się mocniejszy, a ginie słabszy.

- A jakie zapisałby pan lekarstwo na tę chorobę?... - spytałem.

- Przez kilka lat mieszkałem za granicą - odpowiedział Stecki - i doszedłem do następującego wniosku. Inteligentny Niemiec lub Francuz, znalazłszy się w towarzystwie równie inteligentnych ludzi, rozmawia o ważnych kwestiach: naukowych, religijnych, społecznych, a choćby i artystycznych. Zaś my lubimy przede wszystkim zajmować się osobami i powtarzanymi o nich pogłoskami, choćby za grosz nie miały prawdy ani sensu. Skutek jest ten, że Francuz albo Niemiec kształci się w towarzystwie, a my psujemy się i krzywdzimy innych, dzięki czemu każdy z nas ma duszę pełną ukłuć, dopóki nie zabliźni ich pogarda.

WIDZIADŁA

Oto jest dokładna opowieść litewskiego szlachcica Wzdychajły o dziwnym wypadku, jaki zdarzył mu się w Warszawie. Opowieści tej chciałoby się nie wierzyć, gdyby nie została potwierdzona przez dwu świadków zasługujących na zaufanie.

- Przyjechałem - mówi Wzdychajło - do Warszawy nie tyle z gotowymi pieniędzmi, ile z przekazami na parę tysięcy, chcąc sobie tutaj u was nabyć chatę niedrogą, ale dochodową, może za sto pięćdziesiąt, może za dwieście tysięcy rubli, gdyż na więcej mnie nie stać, biedaka. Że zaś dużo słyszałem w Wilnie o waszych złodziejach i okpiszach, więc zamiast stanąć w oberży, odnalazłem sobie dawnego kolegę, jeszcze z Syberii, Poniewolskiego, i u niego zamieszkałem na Podwalu.

Ledwiem się sprowadził i ledwie wyszliśmy z kolegą na ulicę, zaraz przyplątał się do nas jakiś jegomość średnich lat, z różowym nosem, wygadany, a znajomy mego kolegi, i ten jegomość, nazwiskiem Pijankiewicz, z miejsca wybadawszy ode mnie, po co przyjechałem, poradził nam, ażebyśmy poszli na Stare Miasto.

- Nie dlatego, Boże uchowaj - mówił jegomość - że w Rynku siedzi Fukier, ale - może nasz kochany Litwinisko właśnie tamtędy upatrzy sobie kamienicę, którą kupiwszy odnowi. Na chlubę własną i pożytek całego narodu.

"Ha! - myślę - jeżeli cały naród bez wyjątku ma mieć z tego pożytek, to może i trzeba kupić dom w Rynku..."

Minęliśmy parę uliczek, aż Pijankiewicz odzywa się:

- O, tu siedzi Fukier, ale do niego nie namawiam, bo teraz ciężkie czasy... A oto jest Rynek naszego kochanego Starego Miasta...

Rozejrzałem się... Cóż, domy jak domy. Jedna rzecz mi się tylko nie bardzo podobała, że plac zastawiony kramami, że pełno Żydów w onych kramach, na chodnikach i w sieniach i że czuć fetor... W takim miejscu nikt porządny nie zechce wynająć komornego...

Ledwiem to powiedział, aż Pijankiewicz w krzyk:

- A jakże nie ma być Żydów, kiedy chrześcijanie domów nie kupują?... Gdyby każdy bogaty Litwin kupił choć jedną kamienicę w Rynku i utrzymywał ją porządnie, to i fetoru nie znalazłbyś nawet za pieniądze.

Spalić Warszawę - krzyczał dalej - toście umieli, ale do pokuty, ale do zadośćuczynienia za grzechy to was nie ma!...

- Przeżegnaj się, acan - mówię - któż tam znowu spalił

Warszawę?...

- A Litwini - odpowiada jegomość - w roku 1669... Do śmierci im tego nie zapomnę...

"Rany Chrystusa Pana!..." - myślę sobie. Ale że w historii nie jestem biegły, więc zamiast spierać się, odpowiedziałem:

- Cóż to za jeden ten Fukier?... On, zdaje się, wino sprzedaje, ha?... Może by do niego wstąpić na naparsteczek?...

- Dajże spokój!... - wtrącił mój kolega z Syberii, u którego zatrzymałem się. - Kto teraz wino pije?... Czasy nie po temu...

Ale jegomość, który przyczepił się do nas na Podwalu, znowu w krzyk:

- Dlaczego nie pić wina?... A cóż kupiec zrobi z winem: w rynsztok wyleje?... Kiedy Litwinom podobało się spalić Warszawę, to niech teraz gaszą - choćby pragnienie potomków nieszczęśliwych obywateli, których domy zamieniły się w perzynę...

Boże miłosierny! jak żyję, nie myślałem, że rodzę się z podpalaczów!... No, ale jeżeli człowiek uważa się za pokrzywdzonego, to trudno, niech sam wyznaczy pokutę...

Więc pomimo oporu mego kolegi Sybiraka weszliśmy do sklepu.

- Przynajmniej - odzywa się zmartwiony Poniewolski - nie pijcież wina drogiego... Krymskie tu powinno być niezłe... - Krymskie u Fukiera?... - wrzasnął Pijankiewicz. - Pan wiesz, co ja płuczę krymskim winem?... z pewnością, że nie gardło!...

- Więc lekki sotem - szepnął mój kolega Poniewolski, któremu nakazano wystrzegać się trunków z powodu sklerozy.

Ale Pijankiewicz ani słuchał. Zbliżył się do subiekta i zaczął dysponować półgłosem:

- Daj no pan buteleczkę tego mojego, którym ja zawsze zaczynam... Potem buteleczkę tego mojego, co go piję później... Potem zobaczymy, a na samym końcu dasz nam buteleczkę tego, którym ja zawsze kończę, jeżeli jestem w towarzystwie dobrych patriotów.

"No - myślę - Warszawa nieszczęśliwe miasto, ale też w nim ludzie umieją się pocieszać... Co prawda, to i w Wilnie znalazłby takich samych; choć i my też nacierpieliśmy się, oj!... nacierpieli..."

Pijankiewicz zaprowadził nas do ciemnego osobnego pokoiku, usadowił za stołem, a gdy subiekt przyniósł butelkę, sam zaczął nalewać kieliszki.

Powiadam tobie, moje serce, jak skosztowałem tego wina, które miało iść na początek, to zrobiło mi się błogo w ustach; a kiedym wypił tego - co szło na numer drugi, to zachciało mi się śpiewać. I co powiesz, zaśpiewałem tak cudnie, tak od duszy, że mi się łzy w oczach zakręciły. Więc pomyślałem: "Boże miłosierny!... trzeba było aż do Warszawy jechać, ażeby człowiek dowiedział się, że jest śpiewakiem."

Spojrzę, aż widzę, że nie ja sam płakałem. Pijankiewiczowi łzy jak groch płynęły z oczu, a mój kolega Sybirak, Poniewolski, oparł głowę na ręku i tylko się trząsł.

- Zjedzą nas Żydy - mówił Poniewolski - zjedzą jak amen w pacierzu... Zjedzą, zwymiotują do Wisły i popłyniemy do Gdańska...
- Gwałciński... bracie Polaku, nie mów tak!... - przerwał Pijankiewicz.
- Ja przecie nie jestem Gwałciński, tylko Poniewolski...
- Wszystko jedno... nie masz się co spierać o głupie nazwisko. .. A Żydy nie zjedzą nas... Jak ta kępa na środku Wisły bywa co roku pod wodą, a potem wydobywa się na wierzch, tak i nasze Stare Miasto nieraz tonęło w klęskach i zawsze wypływało... Tombalski...
- Ja przecie nie jestem Tombalski, tylko Poniewolski...
- Wszystko jedno... Aleś mój brat... Polak... Więc daj pyska, a bestia Litwin niech płaci, kiedy spalił Warszawę...

W tej chwili dopiero, mówię ci, serce, przypomniałem sobie, że pośrodku nas jest jeden Litwin. Myślę sobie: ",Któryż by to?..." Obejrzałem się i... spostrzegłem na ciemnej ścianie izby jasny krążek, który z wolna powiększał się, a w środku jego coś ruszało się jak różnobarwne robactwo i nawet szemrało. Więc pytam moich towarzyszów, kolegę Sybiraka i Pijankiewicza: "Widzicie wy, co się wyrabia na ścianie?", a kolega mówi: "Widzimy." Zaś Pijankiewicz dodał:

- To musi być kinematograf!... I jak szczęścia pragnę, tak on nam pokazuje coś, niby nasze kochane Stare Miasto... Nawet słyszę glosy...
- Bo widać jest to kinematograf gadający... - dorzucił Poniewolski.

Czy moi towarzysze jeszcze co mówili, nie wiem, ponieważ cały zatopiłem się w tym, com widział i słyszał. A oto jakie było nasze nadzwyczajne widzenie:

Lato, świt. Oczywiście Rynek Starego Miasta. Na środku placu, nieosobliwie zabrukowanego, wznosi się dziś nie istniejący ratusz. Dokoła niego widać dwa szeregi domów: jedne tworzą część północnej, inne część zachodniej ściany Rynku. Domy o grubych murach, malowane barwami: czerwoną, zieloną, niebieską, i ozdobione wizerunkami świętych, lwów, gryfów, okrętów. Niektóre wizerunki i gzemsy są złocone; drzwi żelazne, okna potężnie zakratowane.

Z bocznej ulicy wyjeżdża kilka fur, wielkich jak chaty, zaprzęgniętych we cztery i sześć koni; furmani mają przy bokach ciężkie szable. Fury stają, z bram wybiega służba męska i zdejmuje ładunki. Oto skrzynie aksamitu, sukna, tkanin jedwabnych i lnianych. Oto beczki wina, wory korzeni z ciepłych krajów. Oto szkło, zegary, broń, sztaby żelaza. Wszystkie te towary i mnóstwo, mnóstwo innych wnoszą do składów i piwnic, gdzie służba ustawia je, a urzędnicy sklepowi zapisują.

Na dworze robi się coraz widniej; Rynek znika, a zamiast niego widać mieszkanie kupca. Ogromne szafy i łóżka z baldachimami, ciężkie stoły i krzesła rzeźbione, takież kredensy. Na stolikach drobiazgi z chińskiej porcelany i kości słoniowej; w kredensie srebrne talerze i złociste puchary. Przez pokój przechodzi pani domu; na sukni błękitnej jedwabnej ma drugą suknię z dużym ogonem, z przodu otwartą. Na głowie aksamitny kapturek, haftowany złotem, w uszach brylanty, na szyi perły, w rękach książka do nabożeństwa spięta złotymi klamrami. To jest pani kupcowa. Cudnie piękna idzie do kaplicy na mszę ranną, w godzinie, kiedy tam bywa dwór królewski.

A tymczasem kupiec, Gize czy Baryczka, w czarnym aksamitnym kaftanie i obcisłych spodniach wydobywa z torby u pasa klucz i otwiera żelazne drzwi w ścianie. Tam stoją dwie ćwierci srebrnych talarów i trzygarncowe beczułki napełnione złotem. Wola jednego ze swych pomocników i sypie mu w fartuch kilka garści pieniędzy dla furmanów za przywieziony towar.

Mniej więcej to samo powtarza się we wszystkich domach Rynku. Wszędzie sprzęty wytworne, bogate dywany, kobiety strojne w jedwab i drogie kamienie, kupcy dumni, za żelaznymi drzwiami beczułki srebra i złota. Bogactwo leje się wrotami i oknami.

Po mszy Rynek zapełnia się. Szlachta i szlachcianki, przekupnie uliczni, rycerstwo w wysokich butach z dźwięcznymi ostrogami, mnichy, księża świeccy, rzemieślnicy, mieszczanie, mieszczanki, żebracy, wszystko to dąży do sklepów, jedni za sprawunkami, inni za zarobkiem lub jałmużną.

- Zdaje się, że to będzie początek siedemnastego wieku... Piękna wtedy była Warszawa, co?... - wyszlochał Pijankiewicz, jedną ręką ocierając łzy, drugą podnosząc do ust kieliszek.

Obraz gaśnie i po chwili pokazuje się inny. To samo miasto, ale w Rynku jakiś niepokój. Tłum biegnie w stronę północną, słychać pospieszny dźwięk dzwonów. Wkrótce nad domami ukazują się gęste kłęby czarnego dymu i jaskrawe płomienie, które wypełniają cały widok.

- To ten pożar, co go Litwini zrobili!... - szepcze Pijankiewicz.

.. - O... dałbyś spokój!... - gromi go rożezłoszczonym głosem Poniewolski.

A ja, serce moje, nic... tylko patrzę... słucham i zalewam się Izami. Już nie mój cudny śpiew tak mnie usposabia, ale wspomnienia... Cóż to było?... Gdzież to jest?... Ciemnokrwawe tło obrazu poczyna się wyjaśniać. Dym powoli opada, a na miejscu przebogatych domów widać okna bez szyb, ściany czarne, sterczące kominy, a w mieszkaniach stosy kamieni i opalonego drzewa.

- Wtedy było gorzej w Warszawie aniżeli dziś!... - szepnął Pijankiewicz.

- Jak tam komu... - odpowiedział Poniewolski. - Lepiej pod własnymi zgliszczami aniżeli pod cudzym butem...

",Święte słowa!..." - chciałem powiedzieć. Ale pomyślawszy, że może to zabronione, ukąsiłem się w język.

Nowy obraz. Rynek, lecz w nim ani śladu pożaru. Domy białe, w oknach dywany, kwiaty i strojne kobiety, na ulicy tłum klęczy z obnażonymi głowami. Słychać dźwięk dzwonów i strzały armatnie, sztandary cechowe łopocą na wietrze, skądś dolatuje muzyka i śpiew kościelny. Ludzi mnóstwo, odzież ich czysta a nawet bogata, twarze pogodne. Odbywa się uroczystość dziękczynna, może na intencję jakiegoś zwycięstwa?... W każdym razie ani w budynkach, ani w fizjognomiach nie ma śladu minionej klęski.

- Widzisz, jak zmartwychwstała Warszawa z pożogi?... - krzyknął Pijankiewicz.

W naszej izbie znowu robi się ciemno; obraz znika, a w chwilę później ukazuje się coś zupełnie innego. Rynek prawie pusty, żelazne drzwi domów pozamykane, okna zabite deskami. Przed ratuszem kilku żołnierzy, którzy nikomu nie pozwalają się zbliżyć grożąc strzelaniem. Kilku ludzi czerwono ubranych, z krzyżami na piersiach, niosą mary nakryte czarnym suknem, na widok czego rzadcy przechodnie klękają, a potem szybko uciekają.

Na rogu ulicy jakiś dostatnio ubrany człowiek upadł z krzykiem. Spoza węgła wysunął się obdartus, rozejrzał się i upadłemu począł rewidować kieszenie. Wtem - nadeszła warta. Na głos rogu przybiegli czerwono odziani ludzie i leżącego zabrali; obdartusa zaś wartownicy wzięli pod ręce, podprowadzili do dwu słupów

117

złączonych u góry belką i na tej belce powiesili.

- Wiem!... wiem!... - zawołał Pijankiewicz - to jest dżuma w Warszawie.

Na obrazie tymczasem ludzie stopniowo znikli; w Rynku pozostało kilka trupów, a nad nimi modlący się dominikanin.

- Wiem!... wiem!... -powtarza Pijankiewicz.-Wtedy prawie całe miasto wymarło. Gorzej było aniżeli dziś!...

- Nie wiadomo, co gorsze - odmruknął mój kolega Sybirak - umrzeć czy zgałganieć?...

Tymczasem powoli z ciemności wydobył się nowy obraz. Ten sam Rynek staromiejski, ale pełen ludzi, pogody i krzyków radosnych. Domy nowe, ozdobne, w niektórych oknach dywany i chorągiewki. W stronę kościoła posuwa się orszak, oczywiście weselny: pan młody konno w fiołkowym fraku jedwabnym, drużbowie w barwnych strojach cudzoziemskich lub kontuszach, biało ustrojona panna młoda i jej drużki w lektykach, za nimi kilka ozdobnych powozów ze starszymi paniami. Słychać strzały pistoletowe, okrzyki ludu, muzykę... Przed ratuszem pieką się dwa woły, nieco dalej - leży góra chlebów i stoi kilkanaście beczek piwa dla pospólstwa. Patrząc na te domy jasne i ozdobne, na mnóstwo ludzi sytych, śmiejących się, śpiewających, człowiek nie może przypuścić, że widzi to samo miasto, w którym niedawno panowała morowa zaraza!...

- A nie mówiłem, psia... kość - zawołał Pijankiewicz - że nasza kochana Warszawa i z tego się wykaraska?... Jak wyspa na Wiśle: co ją zaleje woda, to ona znowu się wydobywa na wierzch.

- Dopóki ze szczętem nie utonie... - wtrącił Poniewolski.

- Tyś pijany, Bą...Bączkiewicz?...

- Nie nazywam się Bączkiewicz!... - odparł z gniewem mój kolega Sybirak.

Tymczasem przesunęły się jeszcze dwa obrazy. Na jednym było widać dzisiejsze Stare Miasto z jego kramami. Żydami, niechlujstwem. Zdało się, że na chodnikach nigdy błoto nie wysycha i że ściany domów składają się nie z cegieł, ale z brudu.

- Oto skutki naszego niedbalstwa!... - wrzeszczał Pijankiewicz. - Gałgany jesteście, i basta!...

- Staraj się mówić w liczbie pojedynczej... - upomniał go Poniewolski.

Ostatni obraz był po prostu cudownym zjawiskiem. To chyba nie Stare Miasto, ale jakiś gród fantastyczny! Domy wszelkich możliwych, ale jasnych, delikatnych barw, okryte malowidłami i płaskorzeźbą, niby szkatułki bezcenne. Treścią zaś malowideł: historia każdego domu i jego właścicieli od kilku wieków!... Rynek, zamiast zwykłych kamieni, wyłożony różnokolorową mozaiką; na środku śliczny ogródek płonący żywymi kwiatami. Pełno dzieci, uczniów, strojnych kobiet, cudzoziemców, którzy po to tylko przyjechali, ażeby zwiedzić nasze dziwo i złożyć hołd jego pięknościom i ciekawościom. Niektóre bowiem domy Rynku stały się muzeami zbiorów z całego kraju...

- Ot, widzisz, że znowu Warszawa wykaraskała się! - rzekł Pijankiewicz.

Obraz zniknął, w naszym pokoiku ukazał się subiekt. Spojrzeliśmy na zegarki - już późno!... Zapłaciłem rachunek, zresztą niezbyt wielki, jak na takie nadzwyczajności...

- Ale też macie piękny kinematograf!... - odezwał się Poniewolski.

- Jaki, przepraszam, kinematograf?... - zapytał zdziwiony subiekt.

- No, ten, co pokazuje Stare Miasto...

- Przepraszam, ale to chyba nie u nas...

- Co się masz tłomaczyć!... - przerwał Pijankiewicz, gwałtem wyprowadza jąć mego kolegę Sybiraka.-Poniewolski nazywa się.

Gdy znaleźliśmy się za progiem, usłyszałem, ze subiekt mówi do drugiego:

- Rozmaitych pijaków zdarzało mi się spotykać: takich, co widywali diabły, węże, robactwo... Ale takiego, który zobaczył kinematograf w pustym pokoju, to jeszcze nie spotkałem...

- To o nas!... - oburzył się Pijankiewicz. Chciał wrócić do sklepu i zrobić dużą awanturę, ale - nie mógł znaleźć klamki, a gdy nareszcie znalazła się, zapomniał, o co mu chodziło.

Więc smutni wróciliśmy do domu.

Also Available from JiaHu Books

Przedwiośnie
Potop. Tomy 1-3
Chłopy
Ziemia obiecana
Rok 1794. Tomy 1-3
Faraon
Bunt
Ludzie bezdomni
Wampir
Quo vadis?
Pan Taduesz
Na wzgórzu róż
Kariera Nikodema Dyzmy
Utwory wybrane – Maria Konopnicka
Zemsta
Osudy dobrého vojáka Švejka za světové války
Válka s molky
R.U.R.
Hordubal
Krakatit
Továrna na absolutno
Povětroň
Obyčejný život
Babička
Hiša Marije Pomočnice
Judita
Dundo Maroje
Suze sina razmetnoga
Az arany ember
Szigeti veszedelem

www.ingramcontent.com/pod-product-compliance
Lightning Source LLC
Chambersburg PA
CBHW021119130626
46554CB00002B/765

*9 7 8 1 7 8 4 3 5 2 1 5 8 *